清岡卓行の円形広場

宇佐美斉

思潮社

清岡卓行の円形広場　目次

装幀　清岡秀哉

清岡卓行の円形広場

序章

清岡卓行は、六十年あまりにおよぶ創作活動をまず詩の分野において開始し、その後、評論、小説、随筆、そして紀行文にまで、大きくその分野を広げたが、その生涯の最後まで、現役の詩人であることをやめなかった。ただ詩作の持続が長期におよんだことのみを言うのではない。注目すべきことは、その五つの表現手段それぞれが有効に機能する創作現場の中核に、つねにそれらを内部から有機的に支え、活気づける強固な詩精神があったという事実である。

清岡は四十歳代後半になって、詩に加えて小説を書くようになったが、以降は新聞や雑誌に随筆などの記事を求められた際、自筆原稿に「詩人・作家」と肩書きを明記することを忘れなかった。編集者への心配りであると同時に、そのような創作活動のありようへの自覚とつよい自負心の現われでもあったのだろう。

詩人論、作品論、テーマ批評などの評論は言うにおよばず、『アカシヤの大連』（一九七〇）を初めとする多くの小説のどれをとっても、論旨を展開し、物語を紡ぎ出す縦糸には、かならず詩への問いかけが豊かな横糸となって絡みついており、自作あるいは他作の具体的な詩作品に向けられる批評意識が、それらのテクストや作品をより深く厚みのあるものにする原動力になっている。世にいわゆる「詩的な」小説や散文といったものとは、多分に性質を異にすると思われるのはこのためである。

一般に、青年期から壮年期へと移行するにしたがい、詩から散文へと活動の場を移す作家の例は、比較的多く見られる。彼らのほとんどが、後年、自身の「若き日の詩人の肖像」を追懐するか、さもなければ、そのような過去じたいを遠い日の青春の錯誤として、記憶の彼方へ押しやろうとするだろう。けれども清岡卓行の場合、詩は青年期から最晩年にいたるまで一貫して主要な発信装置であったばかりか、彼が駆使した他のいくつかの表現手段を内部から支える核心として、終始活発に機能し続けたのである。この意味で清岡は、近代以降の日本の文学史を見渡しても、稀有な作家であったと言わなければならない。

清岡卓行は、一九二二（大正十一）年六月二十九日、中国遼寧省南部の大連で生まれた。父母はともに高知県の出身で、卓行《たかゆき》は九人兄弟の八番目に当たる四男であった。父己九思《きくし》は満鉄の土木技師で、大連築港長、哈爾浜《ハルピン》造船所長などの要職を勤めた。母鹿代《しかよ》は感受性が豊かで、古い日本のものと新しい西洋のものを、ともに愛した。「父の数学的緻密さと母の芸術的資質の双方から大きな影響を受けたと考えられる」（以上、二〇〇八年に勉誠出版より刊行の岩阪恵子・宇佐美斉編『清岡卓行論集成　II』巻末の年譜による）。

清岡はいわば日本の植民地主義の申し子である。のちに彼は散文詩「地球儀」で、一九六一年におけるアルジェリア戦争に言及するが、たとえばアルベール・カミュがその地におけるフランス人入植者の三世であったように、彼は満州における日本人入植者の二世であった。父は技術者集団のなかのエリートであり、敗戦前後における満蒙開拓団のような辛酸をなめることはなかったにせよ、同じ「コロンの子」として苦難に耐え、罪障と無垢のはざまに立たされた事実は消えない。おそらくこうした出自は決定的であり、清岡は終生この問題と真摯に向かい合った。

これ以降の略歴については、今から四半世紀以上の昔、『新潮日本文学辞典』(一九八八年一月刊)のため私が書いた項目に、若干の補訂を施したものを左に掲げる。長期におよんだ作家活動を、便宜上、初期、中期、後期、晩期と四分するなら、ほぼ後期にさしかかったころまでの、ごく簡略なプロフィルとして、参考に供したい。なお年代の表記は元号であったものをすべて西暦に改めてある。

《詩人、小説家。大連に生まれた。東大仏文科卒。「かつての華やかな自由港大連」の記憶と、引き揚げ者としての敗戦体験が、清岡文学の原点である。第一詩集『氷った焔』(一九五九)は、絶対を夢みる観念と、状況が強いる現実との相克が、抑制されたエロティシズムの光を浴びて鮮烈であり、第二詩集『日常』(一九六二)は、「生活のけばだつ衣装のひだに/今も漂う煙たち」のゆくえを追いつつ、超現実と諧謔をつかみとる詩法の冴えが見事であり、ともに戦後詩に異数の光芒を放つ。一九六六年、斬新なテーマ批評『手の変幻』と第三詩集『四季のスケッチ』によって著しい進境と成熟を示したが、六九年からは更に小説を書き始め、「アカシヤの大連」（一九六九）で芥川賞を受賞、ビュトールのいわゆる「詩と小説と評論という三つのジャンルが構成する三角形」のなかを、自在に往き来する創作活動に入る。全詩集『清岡卓行詩集』（一九六九）以後の詩集に、『ひとつの愛』（同）、『固い芽』（一九七五）、『駱駝のうえの音楽』（一九八〇）、『西へ』（一九八一）、『幼い夢と』（一九八二）、『初冬の中国で』（一九八四）などがある。小説は『鯨もいる秋の空』（一九七二）など私小説風のもの、『海の瞳』（一九七一）、『詩礼伝家』（一九七五）など亡き師友を追懐するもの、『花の躁鬱』（一九七三）など虚構に観念の劇を追尋するもの、『夢を植える』（一九七六）など掌篇小説の試み等があり、多彩である。戦後詩十人を論じた『抒情の前線』（一九七〇）と、敬愛する詩人の一処を徹底的に掘り下げた『萩原朔太郎「猫町」私論』（一九七四）は、評論の代表作であり、読売文学賞を受けた中国紀行『芸術的な握手』（一九七八）は、ジャンルをこえた新しい地平の開拓に圧倒的な力技が見られる。このほか、随筆にも深い味わいがある。その後、長篇小説『薔薇ぐるい』（一九八二）、『李杜の国で』（一九八六）などを発表。》

当然ながらフォーマットと厳しい字数制限があり、ステレオタイプな記述に堕した面があり、今回いくつか追補したにもかかわらず、なお重要な作品を書き漏らしている。また現存作家についての項目であるから、記述は中断の形で終っている。これから先、つまり一九八〇年代後半から晩年にいたるまでの、ほぼ二十年間の活動によって見えてくる全体像は、描かれないままになっている。この点については、本書末尾の三つの章で論じる予定なので、ここで中途半端な補足は行なわないでおこう。

この未完のプロフィルからも明らかなように、清岡の文学は、詩、小説、評論、随筆、紀行文と多岐にわたる。多彩な表現形式を駆使したこの作家の内部において、こうしたジャンル相互の関連は、どのようなものだったのだろうか。この問題に関しては、晩年に近いころに清岡自身が書いた一文が手がかりを与えてくれる。

清岡は大連で過ごした少年時代から萩原朔太郎を愛読し、『青猫』を初めとするすべての朔太郎の作品に対する尊崇の念を、生涯にわたって失わなかった。五十代初めに『萩原朔太郎「猫町」私論』を刊行するが、それから二十年あまりのちに、岩波文庫の一冊として、「猫町」を中心とする朔太郎の散文作品十八篇を選集し、これにゆきとどいた解説を付して刊行している。『猫町　他十七篇』（一九九五）がそれである。収録されたのは、「猫町」を初めとする三篇の短篇小説、十三篇の散文詩、そして二篇の随筆である。「解説」は、きわめてコンパクトに仕上がっているが、それじたいすぐれた朔太郎論にもなっており、また著者自身による『萩原朔太郎「猫町」私論』の要領を得た解説にもなっている。

とりわけ興味深いのは、清岡が「詩人・作家」としての朔太郎のさまざまなジャンルにわたる創作活動をひとつのシェーマで表し、選集した十八篇がそれぞれに占める位置を視覚化して示していることである。中央にやや大きめの円形が据えられ、「詩」と表示されている。それを挟んで上下に二つの横長の長方形が対称的に並べられ、それぞれ「散文詩またはアフォリズム」、「随筆」と記入されている。さらに中央の円形を挟んで左右に二つの縦長の長方形が配置され、それぞれ「評論」、「小説」と名付けられている。この五つの図形のうち右端の「小説」にはすべて斜線が入っていて、朔太郎の小説全部（すなわち三つの短篇）が収録されたことを示している。そして上部の「散文詩またはアフォリズム」と下部の「随筆」のそれぞれ右端の一部分に、同じく斜線が入っている。言うまでもなく選集に採択された残りの十五篇のジャンルへの帰属を図示したものである。

この見取り図は、朔太郎のすべての表現活動とその具体的な成果である作品のジャンル分けについての、簡略ながらまことに明快な説明になっている。こうした図解は、あきらかに清岡自身における、複数のジャンル間の往来を充分に自覚したうえでなされたものであろう。芥川賞受賞直後に、ミシェル・ビュトールのように「詩と小説と批評の三角形」のなかを自由に往き来したいと語った清岡の、この問題についての自覚と考察が、四半世紀を経てさらに深まったということだろう。

ビュトールに関してはちょっとした奇縁を感じることがある。私が後述の経緯で清岡の知遇を得たときからちょうど一年ほどたったころ、すなわち一九六六年十一月、この作家がフランス文化使節として来日し、約一ヶ月間、東京を初めとして各地で講演をして回った。私はそのとき京都大学仏文科の修士課程二回生であったが、生島遼一教授が受け入れ教官となって、京都でも二日間セミネールが行なわれた。プルーストと戦後のフランス小説をテーマとする連続講演であったと記憶するが、原稿を読み上げるのではなく、メモを見ながら自在に論旨を展開する話術に、学者の講演とはひとあじ違った新鮮な魅力を覚えた。

この折に東京で行なった六つの講演の記録が、一九六七年に清水徹他訳『文学の可能性』と題して中央公論社から刊行された。この書物の巻頭に「批評と創造」と題する一篇があり、ビュトールはその冒頭で、「私は何冊かの想像《イマジナシオン》による書物だけでなく、批評の書物もいくつか書いてまいりました。フランスでは、いかにして私がこれら二つのものを同時に書きうるのかとよく訊かれたものです」（松崎芳隆訳）と、まず話を切り出している。このくだりに訳者は注を付して、ビュトールが一九六二年の「テル・ケル」誌のインタビューに対して同様の質問に答えた一節を引いている。評論集『レペルトワール II』にも収録されている記事であるが、そのなかに次のような発言が含まれている。

《私は小説という観念を大きくひろげることによって、中間的・包括的な方法を発見できた（略）。今では私は、その各頂点がそれぞれ普通の意味の小説、普通の意味の詩、普通に行なわれている評論にあたる三角形の内部を、自由に散歩できるのである。》

詩と評論を書き続けてきた清岡が、四十代の半ばを過ぎてとつぜん小説家としてのデビューを果たしたときに、ビュトールのこの発言に目をとめたのは、ごく自然のなりゆきであっただろう。その後の清岡は、さらに紀行文と随筆の分野にも多くの力を注ぐようになり、三角形は矩形になり、そして多角形へと変貌をとげたように思われる。

私はそのような清岡が作成した朔太郎の作品に関する分布図に触発されて、六十年あまりにおよぶ清岡の執筆活動と、その複数のジャンルにわたる表現形式とのかかわりを一望するために、ひとつの図解を試みる誘惑に抗しきれなかった。それは、清岡にとって親しいものであった大連の円形広場、日本統治時代に大広場と呼ばれていた中山広場の形状をモデルとするものである。いやもっと正確に言うならば、かつてその広場の最初のデザインを描いたロシア人が範を求めたという、パリのエトワール広場（現在のシャルル・ド・ゴール広場）の形状に基づくものである。

中核となる円形が示すのは、「ポエジー」poésie、すなわちすべての創作の源泉をなす詩想である。この詩想はパン種（小麦粉の種を発酵させるために用いる酵母、すなわちイースト菌）の温床であって、テクストを増殖させる豊穣の泉である。そしてそのまわりに環状道路が巡らされており、そこから具体的な表現形式への道が確保される。作品として達成されたジャンルは、五つの扇面によって示される（したがってこの雛形では大通りは五条となる）。すなわち「詩」、「小説」、「評論」、「随筆」、「紀行文」である。これを創作家の作業そのものに即して見るならば、もはや平面図ではなく、中心円から発して螺旋状に各ジャンル間を掘削しながら上り下りする四次元の世界となる。この検証は清岡の全作品を見渡すことによって、改めてなされるべきだろう。

のちにくわしく見ることになるが、この扇面は環状道路に直接建造物が面している大連の大広場には存在しない。一方、エトワール広場では十二を数え、それぞれ凱旋門をめぐる小さな遊歩道になっている。いずれにせよ中心円から十条の大通り（エトワールでは十二条）が四通八達して、収束と放散を繰り返す広場の基本構造そのものは、両者に異なるところはない。清岡卓行の胸に終生息づいていたこの円形広場の鼓動は、二十一世紀の若者たちにも親しみやすいしなやかな文語体にとどめられている。詩集『円き広場』（一九八八）より表題作を引用する。

わがふるさとの町の中心
美しく大いなる円《まろ》き広場
そは　真夏の正午の
目覚めのごとく
十条の道を放射す
即《すなは》ちまた　そのままにて
十条の道を吸収す
おお　遠心にして求心なる

ふるさとの子　二十歳《はたち》
幼き日よりの広場に
はじめて眩暈《めまひ》し　佇む

意識の円き核の
かくも劇的なる
膨張《ふくらみ》と同時の収縮《ちぢまり》を
かつて詩にも　音楽にも
恋にも　絶えて知らざりき

この円形広場が、清岡卓行の文学の原点であるばかりではなく、その多岐にわたる形式とジャンルを螺旋状に掘削しつつ、異なる領域を横断して続けられた、その豊かな創作活動をかたどるものであることを、これから実際に確認してみたいと思うのである。

本書は評伝ではないが、あくまでも清岡の人生の節目節目に着目しつつ、そのたゆみない創作活動の歩みを振り返ってみることに主眼をおいている。伝記的な事実に関しては、幸いなことに以下の三点が有益な指針となった。

ひとつは、晩年の清岡が一九九九年二月一日から二十八日まで、「日本経済新聞」に連載した「私の履歴書」である。これは清岡の死の翌年、随筆集『偶然のめぐみ』に収録された。編者である夫人で作家の岩阪恵子氏のあとがきにはこう記されている。

《「私の履歴書」にかんしては、単行本収録について著者自身の考えがあったと思われますが、残されていたのは、冒頭部分のいくらかの加筆とそのほかわずかに手の入った状態の原稿でした。

ここには加筆後の原稿が収録されています。》
二つ目は、すでに一部分を引用したが、没後二年目に刊行された『清岡卓行論集成 II』の巻末に付された年譜である。この年譜は、現時点で求めうるもっとも詳細で信頼に足るものであるが、岩阪氏による冒頭の注記によれば、次のような経緯で作成されたものである。
《一九九二年の項までは、小笠原賢二氏が清岡自筆の六種類の年譜を参照し、更に自伝エッセイ・小説をはじめとする諸資料に当たって補った上、清岡本人の校閲を得て編んだ『大連小説全集下巻』収録の年譜を用いた。それ以降は岩阪恵子による。》
三つ目はインターネットによる公式サイト「清岡卓行の世界」である。清岡の子息・秀哉氏の運営になるもので、ここには珍しい写真を挿入した年譜や書誌に加えて、選びぬかれたテクストの引用と手稿の掲示が見られる。
清岡卓行は、二〇〇六年六月三日、満八十四歳の誕生日を目前にして永眠した。以下はその直後に「現代詩手帖」七月号の追悼特集のために私が書いた「四十年の歳月」と題する小文である。折しも身辺慌しく短時間で書いたこともあり、それだけに文飾は少ないと思うが、内容はことごとく私事にわたる。ある意味で本書執筆の動機の説明にもなっていると思われるので、やや唐突ながら全文をそのまま引用させていただく。

清岡さんの訃報に接して一週間あまりが過ぎた。喪失の思いは深く呆然とする間も、日常生活は否応なくさまざまな荷重を強いてくる。私は未だ清岡さんについて冷静に語るすべを持てないでいる。清岡さんの詩や文学について語るというのであれば、また別の機会もあるだろう。今はただ極私的な回想の一端を語ることで、故人への感謝の言葉に代えたいと思う。

私の手もとには清岡さんの名前を冠したスクラップ・ブックが三冊ある。新聞や雑誌で目にするたびごとに採集した清岡さんの比較的短い文章を中心に、私自身が清岡さんについて書いた書評や詩人論の類いが、雑多に貼付けてある切抜き帖である。もっとも古い一冊に、今から四十年前に私が「九州大学新聞」に書いた「清岡卓行論」が、かなり黄ばんだ状態で収まっている。一九六五（昭和四十）年十月二十五日号と十一月十五日号に、上下二回に分けて掲載されたものである。今でも大学新聞というものはたいてい月一回位のペースで出ているようであるが、拙文の「下」が載った号には「臨時増刊」の記載がある。「戦後の詩人達」と銘打ったシリーズもので、私の文章はそのうちの四回と五回に当てられている。

京都大学仏文科の修士課程に進学したばかりの学生であった私が、どのような経緯で九大新聞にこのような評論を書くことになったのか、おぼろげな記憶をまさぐってみる。その年の夏休み直前に大学の学生部から、一通の手紙が回送されて来た（あるいは通知を受けて取りに行ったのかもしれない）。それは思いがけなくも九大新聞編集部からの執筆依頼状であった。京大新聞に書いたいくつかの拙文や、私が学部生のころに友人たちと出していた「状況」という雑誌を読んだことのある編集部員が、同世代の書き手を起用しようとして声をかけてくれたのであろう。しかも戦後詩の担い手のひとりとしての清岡卓行を指定したうえでの依頼であった。

　私は清岡さんの第一詩集『氷った焔』と第二詩集『日常』、そして評論集『廃虚で拾った鏡』の三冊を持って、郷里の名古屋に帰省した。それ以外の資料に手をのばすことはせず、ただひたすらその三冊を繰り返して読んだ。そして京都に戻った八月末から九月中旬にかけての二週間ばかりを費やして、一気に詩人論を書き上げて福岡へ郵送した。

　私の詩人論の「下」が掲載されてからまもないころ、十一月祭と呼びならわされる京大の学園祭の催しの一環として、現代詩にかかわるシンポジウムが行なわれた。パネリストは清岡卓行、飯島耕一、大岡信、渡辺武信の四氏で、会場は文学部の第一講義室であった。私の後輩にあたる幾人かの有志たちが、同志社大学の学園祭とタイアップして企画したものであったと記憶する。

　清岡さんはこのシンポジウムで、戦争中の旧制一高における三好達治を囲む座談会で、学生であった自分の質問に優しく答えてくれた『測量船』の詩人の印象を語ってから、青春期いらいの詩への熱い思いを少し早口でしかし力をこめて話した。三好達治の思い出から始めたのは、この詩人が旧制三高から東大仏文へ進んだことを考え合わせると、京大生に対する清岡さんの気配りと挨拶であったのかもしれない。

　教室の後部に席を占めていた私は、シンポジウムの途中休憩の合間に、聴衆に向かって机と椅子を四つ並べただけの急ごしらえの演壇に思いきって近づき、清岡さんに自分の名を告げ、九大新聞の詩人論を読んでいただけましたか、と尋ねた。清岡さんは新聞を受け取っていないようであった。それではお送りするように頼んでおきます、と言って私はそのまま引き下がった。

これからあとのことは、清岡さんが十三年後に毎日新聞に書いたエッセー「中年の心を支えた青年の一文――宇佐美斉の詩人論」（一九七八年十一月二十八日付、のち随筆集『桜の落葉』に収録）にくわしい。そこには私の拙い詩人論から「励まし」を受けたと語る詩人の真摯な思いが、飾り気のない文章で綴られていた。「私の疲労していた詩作の心に、ほのぼのと若返るような勇躍があった。共感と客観化を併せもつその批評に出会って、大げさに言えば、私は自分の詩にも未来につながる読者が少しはいるだろう、と初めて感じたのである」。もちろん過褒であるが、私は心底うれしかった。

最初の出会い以来、私が清岡さんから有形無形に蒙った恩恵ははかりしれない。おそらくは清岡さんの期待に背いて、文筆の道に邁進することなく、中途半端な研究者の道を歩んだことを思うと、私の心は疼くのである。清岡さんと私との年齢差は二十歳。最初の出会いは詩人が四十三歳、私が二十三歳の時であった。清岡さんが八十三歳で逝くほんの数十日前、私は永年勤めた京都大学人文科学研究所を定年により六十三歳で退職した。人生の指針であり続けたかけがえのない人を失って、転機を迎えたばかりの私は今、途方に暮れるばかりである。

この一文を書いてから、早くも十年の歳月が流れ去ろうとしている。私に残された時間はそう長くはない。清岡卓行の詩と文学について語るのにふさわしい人は、ほかにもたくさんおられると思うし、また今後いくらでも現われるだろう。しかしもし私がそれを試みるとするなら、おそらく今を措いてはないだろう。そんな思いが本書の執筆に私を駆り立てた唯一の動機である。

第一章　コロンの子

清岡卓行が、『氷った焰』を書肆ユリイカから刊行したのは、一九五九（昭和三十四）年二月、三十六歳のときであった。「ユリイカ」（第一次）誌上で、「戦後最高の豪華造本をもつて贈る！」と予告された通り、当時としてはめずらしく函入り背革丸背の上製本で、表紙には岡鹿之助の繊細な作品がコロタイプ印刷されている。装幀は夫人の沢田真知、五百部の限定出版であった。ただし第一詩集の出版を詩人としての公的なデビューと見なすなら、これは通例から見てかなり遅い出発であった。ちなみにほぼ同世代の吉本隆明が『固有時との対話』を出したのは一九五二年、また九歳年少の大岡信が『記憶と現在』を刊行したのは、一九五六年であった。大岡と同い年の谷川俊太郎にいたっては、『二十億光年の孤独』を出したのは一九五二年、弱冠二十歳のときであった。

つまり清岡は詩壇的に見れば、「遅れてきた詩人」のひとりであったが、すでに「ユリイカ」の中心的な執筆メンバーになっていたこともあり、もちろん無名というわけではなかった。小田久郎は『戦後詩壇私史』（一九九五）のなかで、このあたりの事情を次のように証言している。《その出版記念会は春先きの出版クラブでひらかれたが、ちょうど大阪から上京していた小野十三郎も顔を出したりして、かなりにぎやかで華やかな会になった。版元の伊達得夫も喜色満面で、そのため司会もいつもより一段とさわやかだった。私は伊達に頼まれて、空の筒の中から万国旗をとりだす手品を披露したが、緊張していたせいか、手つきがぎこちなく、伊達や森谷（均＝引用者注）の前で演じたリハーサルのときのように拍手喝采というわけにいかなかった。それでも清岡は喜んでくれて、二次会、三次会のあとも夫妻だけで私を遅くまでねぎらってくれた。》

ところで清岡自身は、この遅ればせのデビューについて、詩集の「あとがき」で次のように述懐している。「詩集をつくりたいと思ったのは、十九歳の頃であったから、十五年程かかって、やっと処女詩集ができたことになる」。

十五年という歳月の計測には、おそらく万感の想いが込められていただろう。かつての日本の植民地の繁栄と豊かさの象徴であると同時に、他国への侵略という「罪障」を免れることの出来ない宿命の都市・大連で生まれ育った詩人が、はるばる海を越えて本土の首都にやって来て、第一高等学校で学びながら、校友会の機関誌である「護国会雑誌」や、校内紙「向陵時報」などに立て続けに詩を発表し始めたのは、まさしく「十九歳の頃」であったのだから。戦時下のしかも限られたメディアを通しての詩的出発であったが、それはそれなりにあざやかなものであったのである。これと著しい対照をなすかのような、第一詩集刊行の「遅延」には、若き詩人の敗戦体験とそれにともなう八年間の詩的空白が、大きくかかわっていた。

そうした事情については次章で確かめることにして、その前に大連で過ごした少年時代に遡って、清岡の詩的揺籃期を垣間見ておこう。幸いなことにこの点に関しては、彼が残した唯一の自叙伝の試みである「私の履歴書」に、明快な回答が用意されている。

《私は中学二年生のころから、『小倉百人一首』のなかの数首に、遠い昔の日本の風土の魅力や人間の真情を感じるようになり、そんな形で、見たことのない祖国への憧れがいくぶん満たされるようになった。大連で生まれ育ちつつある日本人の少年少女が、日本の本土で暮らす同胞の少年少女の知らないせつない強さで祖国の実体を求めるとき、自分たちの生活のなかで最後に残るものは日本語であったが、その純粋で確かなものがほかならぬ日本の古典文学であったということになろう。》

これに続けて清岡は、具体的に藤原家隆と式子内親王の歌をそれぞれ一首ずつ挙げて、少年時代の自分を引きつけた和歌の魅力を解説してみせたあと、「私の古典和歌集への関心は、中学三年のころ、『小倉百人一首』から『新古今集』へと移った」と述べ、その理由として「前者で好ましかった歌人の多くが、後者できわだつ歌人であった」ことをあげ、さらにこれに「萩原朔太郎の影響もあった」とつけ加えている。いわゆる「外地育ち」の少年が、まだ見ぬ「祖国日本」の美しいことばの鏡でもある古典詩歌への関心を育みながら、やがてこれを同時代の詩人への関心につなげていったということだろうか。

この場合、少年の詩歌への導き手が、国文学者やアララギ系の歌人たちの古典論ではなく、朔太郎のそれであったことは意義深い。なぜ『万葉集』や『古今集』ではなく、『新古今集』だったのかという疑問は、みずからの詩の起源を求めた晩年の清岡が問い続けた宿題のひとつでもあった。軍靴の響きが高まる暗い世相は、家庭のぬくもりに守られた少年の目に、当時それほど深刻には受け止められていなかっただろう。しかし軍事教練を初めとするミリタリズムの風潮に、生理的な違和感を覚える少年の美意識が、新古今や朔太郎への親愛に傾いて行った事情は、傍目にも明らかなようである。ちなみに朔太郎は、清岡が一高に入学した翌年の一九四二年五月十一日に他界している。

これと関連して、幼少年期から青年期へかけての芸術的な素養として、音楽への親しみを逸することは出来ないだろう。「私の履歴書」にはユーモアを交えたこんなくだりがある。

《幼いころ私は、家族の間で〈ビクターの犬〉という綽名をつけられていたという。ビクター・レコードのレーベルの犬のように、頭を少し傾けて蓄音機の音楽に聞き入っていたそうだ。十四歳ごろから、レコードで洋楽クラシックを聞くことに溺れるようになるので、幼いころ早くもその気が出はじめていたのかもしれないが、そのころの写真を見ると、頭を少し右に傾けたものがなんと数枚ある。そうなると、首が細く頭が大きくて重かったために、そんなふうになったのではないかという気もする。》

清岡の詩や小説の生成に音楽が深いかかわりを持っていたことは明らかであるが、その影響は、言葉を操るに際しての律動や音色への繊細な意識の働きばかりではなく、さらに作品の「形式のモデル」にまで及んでおり、この点に関しては後年清岡が自作解説の試みのなかで、しばしば具体例に即して解き明かしている。ただしより重要なことはおそらく、高橋英夫が指摘するように、「詩人の胸のうちに収まっている音楽の総体」が、個別の音楽に想を得た作品にだけ対応しているのではなく、「彼のほとんどすべての作品と結び合い、響き合っている」という事実だろう（中央公論社版〈現代の詩人　6〉『清岡卓行』（一九八三）所収の「肖像」参照）。ここでは、そうした音楽の素養を培った幼少のころからの「耳のよさ」についてだけ記憶にとどめておきたい。

卓行少年の「詩への熱い関心」は、やがて古典詩歌から「翻訳されたフランスの詩」へと移る。「私の履歴書」は、そのころの愛読書として、永井荷風『珊瑚集』、山内義雄『仏蘭西詩選』、堀口大学『月下の一群』、ボードレール『悪の華』（村上菊一郎訳）、同じく『巴里の憂鬱』（三好達治訳）、ランボー『地獄の季節』（小林秀雄訳）などを挙げている。

少し先のことになるが、フランス近代詩へのこうした親しみは、その後、いったん入学した旅順高校をわずか三ヶ月で退学せしめるにいたる。軍国調になじめなかったばかりではなく、フランス語のクラスがなかったからというのが、その主な理由だった。東京に出て、一高に入り直してからは、ボードレール、ランボー、ルコント・ド・リールなどを原書で読むまでの道をほぼ一直線である。

こうした素養にめぐまれた少年期において、詩歌への目覚めから実作への道はさほどの距離を要しなかっただろう。この時期における清岡の詩作の試みが、どのようなものであったかは、初期の文語詩篇を収めた第十詩集『円き広場』（一九八八）に収録された、「はるけきもの」と題する抒情小曲によって、充分に推し量ることが出来る。

はるかなるやまにのぼりき
はるかなるそらをみつめき
くもしろくただよふあれば
はるかなるきみをおもひき

ひらがなだけの大和言葉からなるこの五七調の短唱こそ、清岡のいわゆる「言語のふるさと」、すなわち外地で生まれて育ったコロンの子が、理想として想い描いた日本語を、確かな手触りを持つものとして、初々しく育んだものであろう。「はるかなる」五音のリフレインと時制の助動詞「き」による脚韻は、いささか単調ではあるものの、むしろそのためにのびやかで耳に快く響き、「やま」「そら」「くも」という最も単純で基本的な自然の要素を連ねることによって、雄大な空間を喚起したのち、最後に幻の恋人である「きみ」への思いをそれらと同列のものとして、花火のように打ち上げて歌い収めている。

これを記憶の筐底に秘すること五十年、六十六歳になって初めて『円き広場』の一篇として公表するに際して、清岡はその「あとがき」の末尾で、以下のように打ち明けている。
《収録作品のなかで制作年がいちばん古いものは「はるけきもの」です。そのことに触れてみますと、この四行詩は十六歳のとき書かれました。そのころ面白半分に口語と文語で十篇ほど詩を試みていますが、それらを記した紙片はすぐ失われ、記憶に鮮明に残っているのは「はるけきもの」だけです。四行詩で一行十二音節、しかも単純な構成であったため忘れられなかったのかもしれません。まことに幼い作品ですが、中年期に入ってからも続けられている四行詩制作の私における原形のようなものなので、例外として、記念のためあえて入れました。ついでながら、収録した全作品のなかで、この作品だけが、初稿以来一字一句も変更を加えられていません。》
記憶による再現という点に注目しよう。ひらがなばかりで音数律をととのえながら、視覚的にもタイポグラフィーの端正な矩形を獲得しているわけであるが、この初々しい「うたのしらべ」は、古典詩歌の流れを汲みながらも、西洋からの清心の気を嗅ぎ取って、新しい時代の「うた」を生み出すことに成功した、藤村から朔太郎にいたる近代抒情詩の水脈に連なるものであろう。

こゝろなきうたのしらべは
ひとふさのぶだうのごとし
なさけあるてにもつまれて
あたゝかきさけとなるらむ

いささか唐突に『若菜集』の序詩と清岡の事実上の処女作とも言うべきものを並べてみたのは、形式の類似から安易な憶測に基づいて、その影響関係を示唆したいがためではない。昭和十年代なかごろの満州における「コロンの子」が、言語のふるさととしての日本語を、どのような感性でいとおしみ受け止めていたのかを、推し量ってみたいがためである。

この少年の「うたのしらべ」は、戦乱の世に堪え、憂鬱の哲学によって陰翳を深めながら、着実に成長し続ける。以下にみるように、一高詩人として彼が残した十数篇の習作が、そのなによりも確かな証だろう。

清岡はまず一高の校内誌である「護国会雑誌」に、三年ほどの間に、合わせて六篇の詩を発表している。作品名と号数および刊行年月は以下の通りである。

名に寄す　第一号（一九四一年六月）
白い疫病　第五号（一九四三年二月）
鐵刹山を望む　同
五月の空　第七号（一九四四年五月）
いそぎんちゃく　同
凍原にて　同

このうち「名に寄す」と「凍原にて」は、それぞれ加筆のうえ「ある名前に」と「凍原で」と改題され、第一詩集『氷った焰』に収録された。「ある名前に」については、『清岡卓行論集成』に収録の作品論やエッセーでもふれたことがあるので、ここではこの詩篇のプレオリジナルが校内誌に発表された直後の出来事を想起しておきたい。一高の漢文の先生であった阿藤伯海を追懐した短篇「千年も遅く」(『詩礼伝家』所収)のなかに、この件について清岡自身がくわしく語った部分があるので、その一部を左に引用する。

《私は一高に入学して二カ月ぐらい経った頃であったか、「護国会雑誌」という学校の文芸誌に初めて詩をおそるおそる投稿し、それが運よく掲載されたことがあった。それは「名に寄す」という題の、数カ月前に書いた処女作のような抒情詩で、後日少しばかり加筆して題を「ある名前に」と改めた。

この詩を、阿藤先生が漢文の授業にまったく思いがけなくも取りあげ、賞《ほ》めてくれるということが起こったのである。先生は私にどのような詩を読んでいるかと尋ねたり、私の詩が「名に寄す」という題であったせいか、私の名前はいい名前だと言って、教室の黒板に「卓」の古い字形はこうだと書いてくれたりした。詩を書くことを生きがいのように感じている人間にとって、とにかくも公の場所で詩をはじめて賞められることがどんなに嬉しいものか、それは経験しないとわからないだろう。》

このような体験は、いわば手遊びの習作から手ごたえのある具体的な読者を想定した意識的な創作へと、ひとりの詩を愛する青年を勇躍させる、まことに貴重な契機となったことであろう。後年清岡は、「詩学」、「現代詩手帖」、「詩と批評」などの詩誌における、新人発掘のための企画に積極的に協力して、若い詩人たちの作品に懇切な批評を加え、彼らをやさしく鼓舞する労を惜しまなかったが、それにはこのときの思い出が多少とも作用していたに違いない。

「五月の空」は、詩人初の総合詩集『清岡卓行詩集』（一九六九）に、「空」と改題され、他の「初期習作」十三篇とともに収録された。さらにこの作品は、初期の文語詩篇三十一篇を、いくつかの例外をのぞいては大幅に加筆して収めた『円き広場』（一九八八）の巻頭を飾る一篇となった。おそらく詩人にとって「ある名前に」とともに、もっとも愛着の深いもののひとつであったのであろう。ここでは改作後のその一行詩を引用しておきたい。

わが罪は青　その翼空にかなしむ

初出時の表題から「五月の」という時節の特定が外され、本文冒頭が「私の罪」から「わが罪」に改められている。わずか一語を文語調にすることにより、詩行全体が引き締まって読むものに訴えるインパクトが倍増していると言っていいだろう。

この短章に関しては、のちに作者本人がしばしば言及することになる。ことに晩年になってからは、「わが罪」と「青空」の由来について、さまざまに考察をめぐらせた短篇小説を書いている。この点については最終章で改めてくわしくふれることにしよう。

ここでは、そうした作者の自注や自解とはかかわりなく、上述の総合詩集で私が初めてこの作品に接してから、数十年にわたって抱き続けてきた感想について略述しておこう。読者の読みは作者の意図から自由であってよいとの信条にしたがって。まず「罪」の由来についてであるが、推定される制作年代の時代背景を考えるなら、清岡自身は辛くも免れたものの、同世代の若い学徒兵たちが次々と動員され、そのうちの一部が特攻隊員として散華して行くことへの、ある種の「後ろめたさ」と鎮魂の思い、そしてまたそれとはうらはらの、みずからの「無垢」への詠嘆の思いもまた、同時に込められていたのではないだろうか。

決定稿では季節を明示する言葉が外され、舞台となった場所の推定を許す手がかりも排除されているが、しかし大連の五月の空がモチーフになっているのではないか、との推測を退けることは難しかった。まだ行ったことはなかったが、中国遼東半島の中心都市であると同時に、国際的な自由港でもあり、また「東洋の巴里」ともうたわれた大連の、からりと晴れ上がった青空と乾燥した空気の肌触りが、この一行からは感じられそうであった。日本の湿潤の風土からは生まれにくい空間の意識ではなかろうか、と推測したわけである。

のちになって清岡は、一九四八年に祖国へ引き揚げてから実に三十四年ぶりに初冬の大連を再訪する機会にめぐまれるが、そのときの空の青さについてこんなふうに記している。

《泣きたいほど青い空を、久しぶりに私は見た。大連市区の東南にあたる海岸、老虎灘の丘を歩きながら、冬枯れて落葉した林の上に、どこまでも澄む濃い青を仰いだときのことである。白く淡いちぎれ雲を三つほど浮かべたその空の懐かしい美しさが、心の底、体の底まで、なにに遮られることもなく沁みとおってきた。私の郷愁はこのとき初めて深く満たされた。ほとんど無風の午後二時半ごろで、人声はなく、微かに波の騒めきが聞こえていた》(「大連ふたたび」、随筆集『別れも淡し』所収)。

清岡はしばしば、自らの郷土意識が、「風土のふるさと」、「言語のふるさと」、「血縁のふるさと」と、鋭く三つに分裂していることを、明快に解き明かしている。言うまでもなくそれらは、生まれ育った都市大連、家族や地域社会における日常会話と少年期から親しんだ文学、この二つの成立の根拠となっている日本語、そして両親の出身地である「本土」の高知県を、それぞれ意味するだろう。

この一行詩は、はるばる上京して寮生活を送る若い詩人が、海をへだてた遠い郷里の空に思いを馳せたとき、おそらく一瞬にして得た偶成ではなかっただろうか、と私は勝手に推測したわけである。その場合、この作品が喚起するメランコリーの源は、償うことの出来ない罪障感による心の傷みであると同時に、一般の離郷者がかかえる愁いとはいくぶん異なった、「ふるさと」の分裂にかかわる悩みにも、おおいにかかわっていたのではあるまいか、と。

思えば、空ほど風土の違いを純粋かつ端的にあらわすものはないだろう。かつてパリに遊学して、秋から初春にかけてのほぼ半年におよぶ首都の陰鬱な空に飽き果て、ようやくマロニエの芽吹き始めた復活祭のころ、初めて訪れた南仏リヴィエラ海岸の、抜けるような「青空」を見て、あっけにとられたことがある。若者の鬱憂はそのとき、一瞬大空に投げ上げられて、心身がそのまま吸い込まれて行くような思いに、茫然としたことを憶えている。

風土の違いと言えば、大連一中と一高の後輩であり、清岡に親しく兄事した原口統三は、その遺著となった『二十歳のエチュード』（一九四七）のなかで、こう述べている。

「僕は忸れ合ひが嫌ひだ。僕の手は乾いてゐる」。「日本では年中黴が生える、この国の人々の手は汗ばんでゐる」。後年、この原口にレクイエムとして小説『海の瞳』（一九七一）をささげた清岡は、コロンの子のこうした生理感覚にまでおよぶ日本の風土へのつよい違和感に、みずからを重ね合わせて次のように書いている。

《これらの言葉は、私にはほとんど感覚的に理解できる。自分もまた、東京の高等学校に入学したのち、日本内地の湿気や、家並みの暗い感じや、生活の狭苦しい雰囲気などに長いあいだなじめなかったからである。》

さてここで、これら六篇の清岡の初期詩篇を掲載した「護国会雑誌」について、おおよその性格とその内容について、簡単にふれておきたい。

「護国会雑誌」は、もと「校友会雑誌」の名のもとに、明治中期における一高自治寮開設を機に、一八九〇年に発足した伝統のある機関誌であるが、たまたま清岡が関与した最後の七冊のみは、戦時下の重く厳しい空気を反映して、「校友会」そのものが「護国会」と改称されたのにともない、文芸中心の雑誌としてはいかにも武張った誌名で刊行されていた。このような措置は一高だけではなく、全国の高等学校でひとしくとられたもののようである。長谷川泉によれば、「学友会・校友会の類は、報国団や護国会に改名し、機関誌の類は護国会雑誌や報国団報に変えられたのである」（一九八八年、雑誌「知識」に連載の「ああ玉杯――わが一高の青春」より）。

「校友会雑誌」といえば、かつて立原道造が一九三一年十月刊行の第三三三号に、物語「あいみてののちの」を発表し、「一躍一高文壇の寵児となつた」（太田克己）と、いささか大げさに喧伝された例もある。稲垣眞美の『旧制一高の文学』は、この雑誌と一高文芸部にかかわる通史として、たいへん便利な好著である。創成期の上田敏から始まって戦後の一高終焉時の中村稔や大岡信にいたるまで、綺羅星のごとき群像を、偏りのない、目配りのよく効いた筆で描いている。清岡は、昭和期を扱った五章のうち、最後から二番目の「ミリタリズムと戦争をしりえに」と題する章のなかで、白井健三郎、古賀照一（宗左近）、いいだももとともに扱われている。

誌面から見るかぎりでは、この雑誌では、「自治」にともなう比較的リベラルな気風が、かろうじて保たれていたことがうかがわれる。たとえば第一号の場合、巻頭に安倍能成校長の「知識人の反省」と題する若者へのメッセージが見られるが、これは当時、「一高の文芸部は廃止しろという軍部の意向が強かった」ため、その批判をかわす意味で掲載されたとの見方がある。

これ以外は、ほとんどが在校生の詩、小説、評論、短歌などの文芸作品で埋められていて、ごく稀に研究レポートのようなものが混ざっている、といった案配である。例えば第二号では、巻頭に橋川文三の二十七ページにおよぶ長文の評論「ウェルテル」、山下浩の詩「一族」、そして木原一史の「音楽美学に於ける観念論」なる論考、その他十篇が掲載されている。

要するに表面的には生徒たち自身の自発的な発意に基づいて刊行されたと思われる内容であるが、実際には時局柄さまざまな厳しい駆け引きがなされていたようである。一九八四年に刊行された『向陵誌　駒場篇』（一高同窓会発行）は、「文芸部」の歴史にも二十ページを割いているが、長谷川泉によるその緒言には、次のように記されている。

《昭和十六年、校友会が護国会と改称されて、『校友会雑誌』は『護国会雑誌』になった。事変から戦争への進展の中で、文化統制が強化された。校長の寄稿といえども、掲載について文芸部員との間にトラブルが生ずるむきもあった。文芸部長は教授が当たるのが例であったが、検閲を顧慮しての内閲が文芸部長の手もとで行われた。その結果、伏せ字作品の発表や、発表不能に陥った作品も生じた。》

ちなみに清岡は、全七号を通じてもっとも多くの詩作品を寄稿した生徒のひとりであり、この雑誌の編集委員（文芸班委員）を、昭和十八年度と十九年度の二期にわたって勤めあげている。担当したのは第五号から終刊の第七号まで、その間の文芸班班長は、五味智英教授であった。

投稿作品の採否など、具体的なことはつまびらかにしないが、清岡が担当した三号分を見るかぎりでは、検閲の厳しさはさほど感じられない。たとえ「内閲」が行なわれていたにしろ、ある程度の自由は保持されていたようである。日増しに戦時色が濃くなり、近い将来、戦地に送られることを一日たりとも意識しないではいられなかった日々に、編集委員たちがとった精神の立ち位置は、時局に迎合したり、戦意昂揚をはかって国粋主義をあおるなどという姿勢からはほど遠く、むしろ厭戦的な気分が支配的で、ときに耽美的とも言えるほどに芸術至上主義を謳歌している。

　第五号の巻頭に、文芸班委員の柴崎敏郎、清岡卓行、中村祐三の連名で掲げられた、二ページにおよぶ若者らしく昂揚した漢文調のマニフェストから、その一端をうかがうことが出来るように思うので、以下にその一部を引用しておきたい。

《武香陵上哀歓の宴げ酣はなるとき剣を抜き地を斫つて人生への莫哀を歌ふは誰ぞ　額は朔風に浴みし霜を嚙みて何事をか思惟するに似たり　紅顔の友よ告ぐる勿れ郷愁の迷宮は尽き難く暗澹たる精神と飢ゑ歔欷く感情の徒に身を重くして行手に何の幸か待たんと（略）佩玉鳴鸞の世は移りて干戈東西に交ふる日の長く沈愁に堪へずして高楼に登ればあはれ数篇の詩文は成れり　数粒の麦死して実を結ぶ日のありとせば我等が美への殉死の決意も又虚しからざらん乎》

「武香陵上《ぶこうりようじよう》」は、かつて一高が本郷向ヶ丘にあったことから、しばしば向陵と呼ばれたことにちなんだ、一種の枕詞のような表現。「莫哀《ばくあい》」（哀しむなかれ）、「朔風《さくふう》」（北風）、「佩玉鳴鸞《はいぎよくめいらん》」（貴人がきらびやかに身を飾り、豪奢な車を駆って遊興に耽ること）、「干戈《かんか》」（たてとほこ、すなわち武器、戦争）など、いかにも旧制高校の寮歌を思わせるような漢語をふんだんにちりばめた、この衒学的美文調のマニフェストに、清岡の文責がどの程度まで及んでいるのかはにわかには断定できないが、少なくとも最終節の時局への隔絶感と厭戦の気分、そして耽美主義的とも言うべき詩神への帰依は、当時の清岡自身のものであったと言っていいだろう（私の推測によれば、少なくともこの部分だけは、清岡の筆になるものと断言しても差しつかえないと思われる）。

世相からすれば文弱の徒の倨傲と自己陶酔とも非難されかねない、こうした高踏派風の物言いが、すでに久しく常態化していた思想統制はおろか、戦況の悪化にともなう軍事教練や動員体制の強化、そして日増しに厳しくなって行く食料事情のなかで、明らかに検閲を意識してなされたものであることを考えるなら、今日、この無題の巻頭言もまた別の響きをもって読む者の胸に届くのではあるまいか。

時局とのかかわりで言えば、清岡には大連一中時代から軍事教練には苦い思い出があった。「私の履歴書」には、『新古今集』に惹かれた背景を説明したくだりにこんな記述がある。

《授業のうち軍事教練を最も憎み、批判もしたため、元軍人の教官からいじめぬかれたのである。このような少年の場合、祖国が現代ではなく過去に、軍国主義のなかにではなく、好ましい文学・芸術の作品のなかに、たとえ厭世や頽廃や唯美の匂いがするとしても、自分の主観にとって魅惑があるもののなかに、いつのまにか求められていったことは、必然ともいえる一つの自由の道であったろう。》

晩熟期のやさしく噛んで含めるような述懐であるが、これこそはあの青年期の悲壮な決意、

「干戈東西に交ふる日の長く沈愁に堪へずして高楼に登ればあはれ数篇の詩文は成れり」の追認そのものではなかろうか。

なお「護国会雑誌」に掲載された六篇のうち、「いそぎんちやく」と「凍原にて」は、青年の悩ましい愛欲と漂泊の思いを主題とする佳篇であるが、あきらかに『定本青猫』と『氷島』の詩人・萩原朔太郎への傾倒をうかがわせる。朔太郎はアルチュール・ランボーと杜甫とともに、一高時代の清岡を導いた三人の道士たちのひとりであった。ここでは「いそぎんちやく」末尾の五行のみを引いておこう。

この海辺にも春が栄えて
満ち潮の浅瀬には甘酸つぱい生命《いのち》の臭ひが蒸れてゐる
ちろ　ちろりと　緑に悶えるいそぎんちやくの
非力の　貪婪の　懺悔の触手よ

ああ　悪の情熱のこんなにせつない色がどこにあるか

次に「護国会雑誌」と併行して校内紙「向陵時報」に掲載された、清岡の初期の詩作品のリストを掲げる。文芸班委員はこの新聞の文芸欄の編集担当者だったこともあり、ここでも清岡の活躍は際立っている。

音楽への祈禱　一九四三年二月一日
夕ぐれのしがれつと　同年五月三日
とらんぷの夜　同
触れ得ぬ冷雨　同年七月一日
海嘯の彼方　同年十一月十日
辻占売の小娘に　同
旅立ちの前夜　同
蒼ざめた影をみつめて　同年十一月二十日
病臥する禁慾者のほぐれてゆく熟睡　一九四四年五月三十一日

このほかにも同時期の作と推定される「少年を葬ふ日」と題する短い詩篇の切り抜きが清岡家に残されているが、掲載紙誌名および刊行年月日は不明である。

全寮制を建前とする限られた集団において、この新聞が果たす役割は決して小さくはなかっただろう。読者の注目もこれを舞台に活躍するひとりの詩人に集まったことは、容易に推測できる。清岡の三年後輩に当たる中村稔は、一高入学後まもなく、「病臥する禁慾者のほぐれてゆく熟睡」

を読んだことを記憶している。

やはらかい夜具の中に　しぜんに発熱する一つの肉体
さびしい温度にしつとりとふくらむ　病み衰へた肉体

中村は、『私の昭和史』（二〇〇四）のなかで、この二行を引用したうえで、「当時の一高の桂冠詩人ともみられていた清岡の名にふさわしい佳作であったし、清岡の初期作品として後年の詩作の展開をあきらかに予想させるものであった」、との評価を下している。

「向陵時報」に掲載された清岡の詩篇のうち、「海嘯の彼方」はのちに加筆のうえ、「海鳴り」と改題されて、第一詩集『氷った焔』に、また「音楽への祈禱」、「夕ぐれのしがれつと」、「とらんぷの夜」は、同じく加筆のうえそれぞれ「音楽への祈り」、「シガレットによる幻想」、「札」と改題されて、一九六九年の総合詩集に収録されたのち、改めて『円き広場』に収められることになる。

以上二つのリストに目を通し、これら初期作品の四割をこえる詩篇が、のちに作者自身によって定本詩集に採択されていることを知るだけで、この時期における清岡が、単に「一高文壇」という限定的なエリート集団内部に名を馳せたというだけではなく、戦時下の厳しい現実のなかで、多くの可能性をかかえたひとりの若い抒情詩人として、すでに確固たる歩みを開始していたことを、知ることが出来るだろう。

さらに興味深いことは、この時期の「向陵時報」には、詩作品ばかりではなく、二篇の評論も清岡の名で掲載されているという事実である。「文学に於ける文化建設的価値の擁護」(一九四三年二月一日号)は、四百字詰め原稿用紙にしておよそ二十五枚の、新聞にしては長尺の論文である。タイトルは時局を意識してかいかにも武張っているが、内容は血気盛んな若者の芸術擁護論である。萩原朔太郎、トーマス・マン、ニーチェ、ベートーヴェン、ボードレールなどを引用しながらの、マニフェストに近い論調には多少の気負いも垣間見られて、今日から振り返って読めばむしろ微笑ましい。マンが作家の宿命として挙げた「詩人性」なる言葉を援用して、「果して誰が好んで詩を書くであらうか。之は余りに呪ひに満たされた致命的な疾病である」と述べているあたりも、フランス象徴派の「呪われた詩人たち」の系譜に連なる、若い詩人の肉声が聞こえてくるようで私には興味深い。

一方、「拒まれたる魂の悲歌　『有明詩集』より」(一九四三年五月十五日号)は、約十四枚の未完の詩人論で、末尾に「以下次号」とあるところからして、連載の意向があったものと見える。『有明詩集』は、清岡が生まれた年である一九二二年に刊行された総合詩集であるが、その後いくたびも新版が出され、その都度、改題や本文の改訂を重ねている。清岡が読んだのは、おそらく昭和十年代半ばに刊行されたいずれかの版であろう。終始、蒲原有明への熱烈な讃辞が綴られているが、その昂揚した語り口は、あたかも著者が有明に仮託してみずからの詩観を語っているのではないかと思わせるほどである。
《彼の潔癖で卑俗なものに激し易い芸術家気質は、秘そかに己が憧れる女性の幻を描いた。それは彼が嘗て知つた下劣な対象とは凡そ異なつた奇異なる一つの幻影であつた。常識は之を嘲笑ふであらう。然しこの世に裏切られた生命力は何処に漂泊すればいゝのか。
彼はやがて現実に一女性を知つた。それは彼の幻の儘であつた。否、いかにすれば幻が現実に存在し得ようか。抑え難い力は彼の想像力を騙つて誤謬に陥らしめたのである。恋をしながら芸術にいそしむ矛盾が彼を言ひやうなく悩ませた。》
有明におけるいわゆる「肉と霊」、「官能と精神」、「煩悩と解脱」の二元的対立の問題が、早くも後年を予告する清岡独自の問題意識と視点により、新しい色に塗り替えられている。『氷った焔』の巻頭を飾る一篇「石膏」を知る読者なら、このくだりを読んでおそらく一驚するだろう。ここに語られていることは、まさしく清岡自身の現実の「生と詩」の世界で、やがて確実に起こることであったのだから。

氷りつくように白い裸像が
ぼくの夢に吊されていた

その形を刻んだ鑿の跡が

ぼくの夢の風に吹かれていた
悲しみにあふれたぼくの眼に
その顔は見おぼえがあった

ああ
きみに肉体があるとはふしぎだ
（以下略）

ところでこの校内紙と清岡とのかかわりは、思いのほか深い。一九四三年五月十六日付の記念祭特集号をめぐりある事件が起こった。寮委員長三重野康の「第五拾四回記念祭に寄す」と題する巻頭文が、当局の検閲にひっかかったのであるが、実はこれは清岡が三重野に頼まれて代筆した文章なのであった。向陵史に残るこの筆禍事件については、後年、清岡自身がくわしく語っているので、これについてもそれらの作品にふれる際に改めて振り返ることにしよう。

こうした波乱を経て、戦前の「向陵時報」は、一九四四年五月三十一日刊行の一五七号をもって、ひとまず終刊を迎える。清岡は前年に引き続き文芸欄担当の委員を務めていたが、この廃刊には黙しがたい感懐があったとみえ、編集作業のため詰めていた読売新聞印刷所で、埋草とあとがきを兼ねたかのような、いくらか長めの一文を書いている。なかに次のような生一本な主張が挿入されているのを読むと、八十三年の生涯を通して一貫した、この作家の詩壇文壇との距離の取り方や対世間の基本姿勢が、すでにこの時点で出来上がっていたことに、注目しないではいられないのである。

《われわれはしかし、外的な生活の貧しさを逆用する貪婪たる狡智を学ばなければなるまい。沈黙の生活の中に良き実を結び、さうして之を機会に向陵に於るジャーナリズム的臭気を一掃しやうではないか。「向陵名士」なる言葉が、いかに屢々似而非政治家と似而非作家の同義語であつたか。》

こうした若々しい言葉を残した清岡は、その後、一時帰省した大連で敗戦を迎え、やがて「引き揚げ者」としての厳しい生活を強いられることになる。次章では、彼にしばらくのあいだ、詩を忘れさせることになったこのあたりの事情から、詩人の足取りを追ってみることにしよう。

第二章　引き揚げ者

清岡の詩的出発は、一九四一（昭和十六）年から終戦の前年までのほぼ三年間に、旧制第一高等学校の校内紙誌等に、知られるかぎりでは計十六篇の詩を発表することによって遂げられた。その活躍は、限られた「一高文壇」の内部にとどまるものであったとはいえ、やはりそれなりにめざましいものであっただろう。太平洋戦争へと突入する全体主義の狂乱のなかで、精神と肉体の自由が狭められ圧殺されて行く日常に耐え、謳歌するすべのない青春を生と死の択一を迫る憂鬱の哲学に封じ込める、そんな営みの一環としての詩作であっただけに、その輝きはよけいに際立つのである。

「干戈東西に交ふる日の長く沈愁に堪へずして」は、日に日に悪化する戦況を肌にひりひりと感じながら、寮内に蟄居して詩歌に志す若者の本音でもあったのだろう。いたずらに漢語や文語をふりまわしているように見えても、そこに気取りはいっさい感じられない。阿藤伯海の「浮世離れした王道趣味」に感化され、ランボーの毅然とした現実拒否の姿勢に共鳴しつつ、この若い詩人が才能のさらなる開花をめざして船出しようとすることを、戦乱の世は祝福する度量はもとより、黙許する寛容さすら持たなかったのである。

清岡ら三名が、おそらくは検閲を意識して、いささかの衒気に韜晦を交えて、あの奇妙に昂揚した巻頭言を書いたのは、一九四三年の初頭、あるいは前年の末であっただろう。それからまもなく、学徒たちを取り巻く世相は、いよいよ暗澹たるものとなった。一九四三年十月二日、東条内閣は在学徴集延期臨時特例を公布した。文科系学生の徴兵猶予制が廃されて、いよいよ本格的な学徒出陣の開始である。特権的なエリート集団であった旧制高校も、終業年限が引き下げられており、もはやモラトリアムの気配はみじんもなかった。「人生二十三年！」というスローガンのもとに、すでに招集され続けていた他のはるかに多くの若者たちに加え、勉学途上の学生たちが容赦なく動員され、戦地へと陸続と送られる時代の幕開けである。

この年の六月、清岡は一高を一時休学して揺籃の地の大連にいた。

われはコロンの子
しかも　やくなき地球の裏の言葉を学び
自らの命断たむ思ひに遊びほけたり

『円き広場』所収の「土」の初稿は、ちょうどこのころの作であろう。このようにうそぶく青年の気まぐれを、しかし事態は決して許さなかった。十月二十一日、雨の明治神宮外苑における、あの鳴り物入りの出陣学徒壮行会は、台北や京城などの外地とも連携して同時に挙行され、同月末には大連でも満州国出陣学徒壮行式が行なわれた。

清岡は急遽、東京に舞い戻り、師走まぢかになって、徴兵検査と召集のため、生まれて初めて両親のふるさとである本籍地の高知県に赴く。南国のたくましく日焼けした若者たちに混じった、この痩身で色白の都会の青年に、地獄の審問官たちは「丙種合格」を告げ即日帰郷を命じた（実際には静養のためしばらく高知に滞在した）。休学中であることに加えて、肺に既往症があったことが考慮されたのではないかという。

翌年四月、大連一中の後輩である原口統三が、一高の仏語クラスに入学してきた。原口は京城の生まれであったが、父の仕事の関係でその後、大連、新京、奉天と転居を重ね、一九四一年に大連一中に入学していたのである。知り合ったのは東京であったが、同郷の誼みということもあり、ただちに日仏の詩文への愛をともにする親密な交友が始まった。のちにその年少の友へのレクイエムとして書かれた小説『海の瞳』によれば、このころの清岡自身の風貌は、「比較的小柄で、色が青白く、眼が少し吊り、眼鏡をかけていない。とても神経質で、しゃべり方も早口である。笑い方だけは、世の中を揶揄しているような態度をそれとなく見せたいためか、へんに陽気だ」とある。後日、敗戦後の大連日僑学校での清岡の教え子のひとりが、同窓会の文集に寄せた回想でこのくだりを引用して、その一筆書きのような自画像の的確さを指摘しているのは興味深い。

たまたま校内新聞「向陵時報」の文芸欄の編集に携っていた清岡は、ただちに原口の詩「海に眠る日」を五月三十一日号に掲載する。今日、「天外脱走」とともに原口の作として伝わるわずか二篇のうちの一篇である。

かれは真昼の海に眠る。
茫洋たる音楽のみどりに触れあふ　はるかな
蜃気楼の奥深くかれは眠る
あふれる香《にほひ》髪《がみ》のみだれ巻いて溺れるあたり
とほく水平線の波間にさ青の太陽は溶けこむ。
（以下略）

原口はその二年半後に、まるでこの詩篇の世界に入って行くかのように、逗子の海岸で入水する。一九四六年十月二十五日の深夜であった。当時後述の事情により大連にとどまっていた清岡は知る由もなかったが、原口の遺品には、死後まもなく橋本一明ら友人たちの手で刊行された『二十歳のエチュード』の原本とは別に、やはり大学ノートを使用した一冊の詩帖が含まれていた。そこには、ボードレールやランボーなどフランス詩の書写に加えて、この「海に眠る日」と清岡の「五月の空」ほか九篇の、それぞれ掲載紙誌からの切抜きが貼付されており、さらに清岡の詩「辻占売の小娘に」の丁寧な書写が見られる。このノートは現在、日本近代文学館の所蔵になるが、清岡に親炙する原口の心情や、二人の詩友としての絆の強さが、手に取るように感じられる遺品であろう。

話を再び戦時下に戻すと、一九四四年九月、一高を卒業して寮を出た清岡は、上野広小路に近い下宿に移り、東大仏文科に入学する。辰野隆教授の文学史にかかわる演習や渡辺一夫助教授のラブレーの講読に、新鮮な魅力を覚えるが、時局はもはや「丙種合格」の学生にさえ勉学に専心する暇も心の余裕も与えなかった。やがて、彼の「魂にいつのまにかふしぎなひびわれ」を生じさせる、ある出来事が起こる。戦後十年あまりを経て書かれた「奇妙な幕間の告白」と題するエッセー（『廃虚で拾った鏡』所収）によれば、ことの次第は以下のようであった。

《ぼくは、今はどうにも名前も内容も思い出せないある劇映画を見るために、本郷の薄汚い三番館のガラ空きの中で坐っていた。面白くもおかしくもない戦意昂揚の漫画が終り、次に、ニュース映画が、相も変らぬ敗けいくさをうつしていた。ところが、新聞でようやく知った特攻隊のカットが現れはじめた。そのとき、ぼくはぼくなりに異様に緊張していたにちがいない。

一人の中尉が、上官や仲間と別れの挨拶を交し、飛行機の梯子を昇った。飛行機が滑走しはじめる。機上から、その中尉が、訣別の白いハンカチを振っている。飛行機は、やがて、画面の枠を越えて飛び去ってしまった、そこで、ニュースは終った。》

たったこれだけの短い映像から受けた衝撃は、侮りがたいものだった。「ぼくの正義はいわばそのときから失われた。（略）戦争のために死んで行った友人たちや、未知の友人たちに対して、ぼくは今日いささかも消えることのない後ろめたさを感じている」との告白に続けて、ボードレールの韻文詩「ワレトワガ身ヲ罰スル者」の四行をもじって、「戦争の共犯者であり、かつ同時にその犠牲者であるという意識、それこそ、ぼくの胸を今もなおつらぬいている短刀である」と述べている。

このエッセーは、吉本隆明と武井昭夫が中心になって、壺井繁治や岡本潤など、いわゆる「転向コミュニストたち」との間に繰り広げた、文学者の戦争責任にかかわる論争に、触発されて書かれたものである。ただしその真価は、正面から論争に参戦するのではなく、あくまでも「幕間」の独り言として、個人的な体験に発する違和感を表明することにより、かえって問題の本質を衝いたところにある。吉本自身、清岡の第二詩集『日常』に寄せた詩人論のなかで、「わたし（たち）の戦争責任論に、審判者の資格なしとして優れた反論をくわえたのは、当時、清岡卓行がただひとりであった」と記している。

こうして一九四五年を迎えたころ、「戦局はすでに暗澹としており、空襲に空腹に空火鉢といった環境では、落ち着いて読書する気持ちになれなかった」（「私の履歴書」）という清岡は、やがて大学を休学して再び大連に帰省してしまう。その後の運命を大きく変える決断であった。その心のうちを彼は、「やがて召集がきて戦場に駆りだされ、そして戦死するだろう前に、もう一度、生まれ育った都市の土を踏み、空気を吸って、できればいくらかでも滞在したいと思った」(同前)、と打ち明けている。

三月下旬、原口らとともに汽車と連絡船を乗り継いで大連にたどり着いた清岡は、数ヶ月後に南山麓の実家で敗戦を迎え、その後三年近くの間、同地にとどまることになる。一方、原口は終戦二ヶ月前に東京へ戻っている。『二十歳のエチュード』の巻末に付された略年譜は、この二人の運命の別れを以下のように説明している。「清岡に数日先立って六月中旬帰京。その直後、関釜連絡船は機雷潜水艦等の恐怖のため途絶し、清岡は帰京不能となる。ドン・キホーテ、サンチョ・パンサの異名をとった親友の最後の別れとなる」。

この間のいきさつについては、清岡自身が『アカシヤの大連』や『海の瞳』などの散文の著作で、詳細に語っている。同じコロンの子として敗戦直後の混乱のなかで出会った沢田真知との結婚、引き揚げ者としての東京での困難な生活、学業と就業との両立等々、ここではそういった経緯を細かく追うことは省略して、ただひとつのことにだけ注意を喚起しておきたい。終戦から引き揚げまでの三年間と、その後の東京でのほぼ五年間が、清岡における「詩との別れ」であったという事実である。以下は、清岡自身の、いくぶん自虐的なユーモアを交えた、やはり戦後十年ほどを経た時点での回顧である。

《その後ぼくはずっと詩を書かなかった。日本へ帰って来てからも、生活に追われると同時に、詩に興味を感じなかった。かつて好きだった多くの詩人のものも、読んでみても少しも感動しなかった。そして、詩を読むことより好きだった音楽をきくことも、例えば、喫茶店でショパンの何かが聞こえてくると、耐えがたいほどの恥ずかしさを感じるのであった。（今はまたそう感じない。）ぼくは詩を捨てた。北向きの五帖の部屋で女房と長男と三人で仲よく暮した。勤めに出かけ、時たままだ卒業していない大学の仏文科に通い、酒を飲み、そして寝るだけであった。昔の友人や先生に会っても、言葉がうまく通じなかった。「あいつは美人と結婚してダメになった」と友達仲間で言われていることを、後輩の村松剛が慰めるように教えてくれた。文学批評にタンランたる瞳を燃やしていた彼から見ても、ぼくはダメになった詩人であったかもしれない。同じく後輩の中村稔の処女詩集「無言歌」を、仏文学の研究にいそしむ橋本一明の称讃を通じて受け取っても、ぼくは読まなかった。（現在はそれを何回読み返していることだろう！）ぼくはとにかく自分で考えてもダメになり、そして悲しくも肥りはじめた》（「ぼくにとっての詩的な極点」、『廃虚で拾った鏡』所収）。

雌伏期がおおよそどのようなものであったのかを、簡明に示す一文だろう。日本に引き揚げて東大に復学したのが一九四八年の夏、翌年四月には大学に籍を置いたまま株式会社日本野球連盟に就職している。生活を支えるための趣味と実益を兼ねた選択であった。この仕事は、一時の中断を除いて、一九六四年二月まで続けられた。この年のペナントレースの日程編成を終えたのを機に、セントラル・リーグを退職して、四月から法政大学のフランス語担当の専任教員になるまでの、ほぼ十五年間であった。

知られているように、一試合中に三安打以上を記録した選手に贈られる猛打賞を創案し、コンピューターなど無い時代に、複雑な試合日程の編成をアメリカン・リーグの先例に学びながら、長年にわたりほとんどひとりでこなした功績は大きい。日本野球連盟は「プロ野球公式試合終身入場パス」を授与してこの労に報いている。現在、神奈川近代文学館に保管されているこの銀製のプレートには、「Mr. Takayuki Kiyooka / Life Time Pass / Professional Baseball / in Japan」との文字が刻まれ、上部中央には月桂樹に囲まれたボールのレリーフが浮かび、四隅にもやはり月桂樹と思われる枝葉の模様が刻まれている。

こうした野球との深いかかわりは、のちに中期を代表する名作詩篇「スタジアムの寂寥」（第四詩集『ひとつの愛』所収）や短篇小説「フルートとオーボエ」などを生むことになるが、ここではその前に、戦後まもないころの清岡にもう一度立ち返っておかなければならない。当時、金子光晴の作品を除けばほとんど詩を読むこともなく、ましてや詩を書こうとすることもなかったという清岡の心を領したのは、野球と音楽のほかには、とりわけ映画であった。

「ぼくにとっての詩的な極点」によれば、この時期の清岡はイタリアン・リアリズムの一連の作品の鑑賞をきっかけに、ニュース映画や記録映画を含めた映像の世界に引きつけられていた。具体例として挙げられているのは、ロッセリーニの「無防備都市」、「戦火のかなた」、「ドイツ零年」、そしてデ・シーカの「靴みがき」、「自転車泥棒」など。これらの作品における「激動する外部現実の記録的な把握」が、「空白であったそれまでの数年間を、生々しくよみがえらせた」、というのである。

引き揚げ者としての厳しい現実を背負いながら、生きるための日常的な戦いに邁進していた二十代の半ばを過ぎたころの清岡にとって、観念によるこしらえ物の詩や小説は関心の埒外にあった。彼の心をとらえたのは、言葉の世界では金子光晴を唯一の例外として、ほとんど専一に映像の世界であった。かつて大連で見たルネ・クレマンの「鉄路のたたかい」、戦争中に東大の教室で見てショックを受けた例のニュース映画、そしてさらには戦前に大連で親しんだ一九三〇年代のいわゆる「フランス派」のいくつかの作品（ジャック・フェデールの「外人部隊」など）が、そうした嗜好への素地となった。それらが記憶の彼方から呼び戻されるのと同時に、映画へのあらたな熱中が始まる。

かつての「純潔の論理」や「憂鬱の哲学」はひとまず括弧に入れられて、回避することの出来ない状況を直視しつつ、「人間の全体性の回復」を目指す方向へと、大きく舵を切ったことを意味するだろう。戦争とともにあった青春との訣別とみることも出来ようが、それには当然われとわが身に亀裂を生む断絶の傷みが伴っただろう。

事実、このころの映画熱にまつわるひとつの苦い思い出を、のちに清岡は「千年も遅く」（『詩礼伝家』所収）のなかで正直に記している。一九四四年の末いらい、郷里の岡山県六条院に退隠していた阿藤伯海が、ほぼ四年ぶりに上京する。一九四八年の秋であったが、清岡はほぼ四年ぶりで旧師との再会を果たす。引き揚げたばかりで、妻子をかかえ、生活に困窮していた清岡は、そのとき阿藤との間に生じた微妙な意識のずれを、こんなふうに説明している。《阿藤先生には、やはり現実否定の詩的な雰囲気が感じられた。しかし、それは当然、昔と同じように、どこまでも過去に憧れるものであった。私の心は今述べたようなぐあいにとにかくも未来に向いていたから、二人のあいだの話が戦争中のようにはずまなかったのは致しかたのないことであったろう》。

清岡は、そうした阿藤の超俗的な処世、すなわち「王道への趣味あるいはモラル」に、昔と同じように魅力を感じないわけではなかったが、それからまもなく再び旧師と会い、中国文学の研究にいそしむもうひとりの旧友と三人で映画を見たときには、自分と旧師とのあいだに、もはや克服することの出来ない齟齬が生じてしまっていることを痛感しないわけにはいかなかった。《阿藤先生と高木友之助と私の三人がどういうきっかけからであったか、ルネ・クレマンの映画『海の牙』の封切りを帝国劇場に見に行ったときのことであった。（略）そのフィルムは痛烈で冷静なレアリスムによってというか、フランス映画黄金時代の自然主義の延長上にあって、敗戦のためにドイツから逃亡しようとするナチスの要人などが潜水艦のなかで演じる奇怪な人間劇を残酷無残に描いたものであった。それは反面から言うと、第二次大戦における解放と自由を謳っているものであった。私にはそのフィルムが一つの傑作であるように思われた。私はほとんど感動していた。しかし、映画館を出て銀座のほうへ三人で歩きはじめたとき、阿藤先生の口からもれた最初の言葉は、「なんですか、あれは！」という、完全な軽蔑の表示であった。》

「海の牙」の日本での初公開は一九四八年十一月初旬であったから、このことがあったのは、清岡が大連から東京へ引き揚げてから、半年も経ってはいなかっただろう。作者はこれに続けて、二年ほどして再び東京に出てきた旧師と銀座でお茶を飲んだとき、「清岡君、映画だけはやめましょう」と言われて苦い思いを新たにした、とつけ加えている。

第三者からすれば、阿藤伯海という超俗の人をいくらかユーモラスに、生き生きと描き出してくれる好都合な逸話であろう。しかし話者であるとともに一方の当事者でもあった清岡の側からすれば、クレマンの新作は、敗戦後の苦難に満ちた生活のなかで精一杯に生きる現代人の心に、つよく訴えかけるものを持ち、未来への展望を示して、市井の個人のさまざまな希望に形を与えるものとして、身に沁みて受け取られたものであっただけに、これを全否定されることは、やはりつらいことであっただろう。

映画への熱中はなまなかなものではなかったようである。一九五一年九月に東大仏文を卒業するが、卒業論文はシナリオ作家シャルル・スパークに関するものであった。主査は鈴木信太郎教授で、当時の仏文科で映画論はきわめて異例であったが、渡辺一夫教授が「快く受け入れてくれ」て救われたという。この論文は翌年三月刊行の「世代」十五号に、「最初のセナリスト――シャルル・スパーク小論――」と題して掲載され、のちに評論集『廃虚で拾った鏡』に、「最初のシナリオ作家」と改題して収録された。

「世代」は、一九四六年七月に、おもに一高卒の東大生を中心とするメンバーの編集によって創刊された一種の学生総合雑誌である。初代編集長は、粕谷一希の『二十歳にして心朽ちたり』（一九八〇）の主人公・遠藤麟一朗。発刊当初から、先輩格の加藤周一、中村真一郎、福永武彦らが、エッセーを寄稿し続けたこともあり、日本の「失われた世代」が発信する尖鋭なメディアとして、一時注目を集めた。しかし、次第に「文学サロンと文学同人誌に化しおわり」（いいだ・もも）、一九五三年二月にいたって十七号をもって休刊する。清岡は一九五一年に大学を卒業してからこの同人誌に加わっていたが、同人にはほかに吉行淳之介、中村稔、日高普、大野正男、菅野昭正、小川徹、村松剛などがいた。編集の実務を担っていたのは矢牧一宏であったという。

このスパーク論は、今日読んでもさまざまな示唆を与える堂々たる映画論であるが、他方では、詩作から完全に遠ざかっていたとはいえ、やはり創作への思いを断ち切れないでいたに違いない清岡の、新しい表現論としても読むことが出来る点でたいへんに興味深い。

全体は二章に分たれており、「小説と映画」と題する第一章では、トーマス・マンを引き合いに出しながら、なによりも「読者の悟性による精神的な追体験を要求する」、例えば『魔の山』のような小説は、映画によってはとうてい物語ることの出来ない世界である、と指摘する。言葉によらない「映画における心理表現の限界」は、映画人たちの努力と絶望をあざ笑うかのようである、との説明は、その後のヌーヴェル・ヴァーグの出現（例えばロメールやトリュフォーなど）によって、多少の修正を求められるかもしれない。しかし今日もなおプルーストの長篇の一部たりとも、映画化に成功した例が見当たらないことからも、この指摘の有効性は揺るがない、と言っていいだろう。

第二章は「シャルル・スパークの作品におけるカードルの展開」と題されていて、この論文の主要部分をなす。監督とシナリオ作家が「創作者としての同一の仕事をする」との了解のもとに、ジャック・フェデールを初めとして、ジュリアン・デュヴィヴィエ、ジャン・ルノワール、マルセル・カルネ、アンドレ・カイヤットなどの巨匠たちと組んで、多くのすぐれた作品を世に送り続けたスパークの、その映画論の核心に迫った意欲的な展開が、ここには見られる。

清岡が注目するのは、このベルギー生まれのシナリオ作家が重視する「カードル」cadreという概念である。一般に「額縁」を意味するフランス語の普通名詞であるが、ここでは「事の行われる場所」を指すテクニカルな単語として用いられる。このカードルの取捨選択こそが映画制作の基本であり、出発点であるとの認識である。スパークにあっては、登場人物や主題にカードルが先行する。「人間がまだ現れなくても、テーマがまだ形造られなくても、関心を惹くに足るカードルさえ発見されたならば、創作ははじめられた」。しかしいったんそのカードルが選定されると、その時点で人物と主題はすでに予想されているというマジックが起こる。なぜならそこで選ばれたのは、すべて「全く特殊な環境であった」のであるから。

《「外人部隊」の植民地軍隊、「ミモザ館」の賭博場、「女だけの都」の一七世紀フランドルの小都市、「地の果てを行く」における再度の「外人部隊」、「我等の仲間」の安アパートと新築レストラン、「どん底」におけるまさしき「どん底」、「大いなる幻影」の捕虜収容所、「旅路の果て」の俳優養老院、などである。社会の特殊な地理的部位医師が人間の肉体の病患部を看て歩くように、旅行者スパークは社会の病患部を往診して歩いたのであった》。

以下この論文は、スパークがシナリオ作家として参画した映画作品の具体例に即して、このカードルが実際にどのように機能したか、そしてまたシナリオ作家としてのスパークの遍歴の過程において、それがどのような展開を見せたかを、ひとつひとつ丁寧に追跡して論を閉じている。

この論考が「世代」十五号に掲載されたのは、先述のように一九五二年三月のことであった。驚いたことに清岡はその一年後、同じ雑誌の十七号（一九五三年二月発行の終刊号）に、オリジナルのシナリオを発表しているのである。二十七ページにわたるその作品は、「マキの新婚旅行」と題されており、一〇二のカットにより構成されている。舞台は大連から舞鶴へ向かう引き揚げ船に設定されており、この選択はスパーク論の後半で展開されたカードル論と深く連動する。今日、一般にはほとんど知られることのない作品なので、少しくわしくその内容にふれておこう。

清岡が選んだカードルは、冒頭の港の埠頭のシーン（カット1）に続いて記されたタイトル（字幕）に明示されている。「一九四八年七月　大連港を出発して故国日本へ」。おそらく同じ年月に、引き揚げ船高砂丸で大連から舞鶴へ向かった著者自身の体験が、そのまま素材として活かされているのであろう。次いで引き揚げ収容所の場面（カット2）と絡めて、次のようなタイトルが用意される。「敗戦によって侵略者という烙印を額に捺された外地の日本人たちは、追われるようにさまざまな外地から故国の日本へと引き揚げてきたが、これはその一つの物語。引き揚げの時期が一般のひとびとよりも一まわり遅れた技術者や医者や学者などの家族たちが、いま引き揚げ収容所を出発しようとしている」。

主な登場人物は、日本人中学校の教師だった石室とその新妻マキ、かつて大連港の設計をしたというマキの老いた父（引き揚げ者E）とその妻、クリスチャンであったマキ一家と親交があり、かつて石室の恋敵であり、今もマキへの思いを断ち切れないでいる杉山牧師、引き揚げ団長と班長たち、一部の引き揚げ者たちを共産主義の手先として断罪しようとして、引き揚げ裁判をもくろむ佐々ほか四名の民族主義者たち。これに加えて、子供や老人を含むその他大勢の引き揚げ者たち。そのなかには、石室の教え子たちや娼婦たちの一群もいる。そしてもちろん多数の船員たち。

物語は、ひとつの集団とひとりの人物が、それぞれ別種の策謀により石室を危機に陥れようとすることによって展開する。ひとつの集団とは、「引き揚げ裁判」の名のもとにいわゆる吊るし上げを強行しようとする、佐々ほか数名の民族主義者たちを中心とするグループである。彼らは、敗戦後の大連残留中に共産主義におもねって民主主義や自由主義を標榜したとして、一部の引き揚げ者たちを名指しで糾弾し、彼らを徹底的に排除することによって、「引き揚げ促進の機運を盛り上げ」、さらには「日本の政府と進駐軍を動かす」と標榜している。労働組合に関与したなどの罪状で告発された数名に続いて、ついには石室までが、「学校教師としてわれわれの大切な子弟に共産思想を吹き込んだ」として糾弾される。

　これに対して石室は以下のように堂々と抗弁する。「わたしは、生徒たちが真理に近ずくように教育しました。（略）まず、軍国主義時代の悪夢から、少年少女たちの頭を解放し、本来純真であるべきその若々しい頭脳をもともとの純真無垢な状態に戻しました。悪い夢の自己矛盾をあばくことによってです」。激昂した佐々らに暴力をふるわれ階段からころげ落ちて遂に動かなくなった石室を、船員の一人が機転を利かしてかくまう。

　もうひとりの人物とは、マキをあきらめきれない杉山牧師である。彼は右の一件につけこむようにしてマキに近づき、「あなたの家庭はクリスチャンの家庭であり、そうした環境に育ったあなたは、幸福になるためには、やっぱりクリスチャンと結婚しなければならない」などと口説き、石室との結婚が「悪魔の誘惑」によって行なわれたとまで断言する。これに対してマキは、自分をも含めた家族と石室との出会いのいきさつを語り、石室の高潔な人柄と優しさが、時代の激変に追いつくことの出来ない老いた自分の父を、いかにして勇気づけたかをくわしく語る。これらは回想シーンとして映像化されるが、時折マキのナレーションが挿入される。

　団長のとりなしもあり、佐々ら過激な「ファッショ」たちもひとまず戈を収めるが、一方で石室と例の船員は、二人で相談してひと芝居うつことにする。石室はデッキのうえに上衣、ズボン、靴、そして遺書を置いたまま、姿を隠し続けるのである。

　最終場面（カット102）は、舞鶴港に到着した引き揚げ船のデッキ。団長とマキが言葉を交わしている背後から、石室が元の洋服と靴を着用して行李を提げて近づき、「やっとシャバに出て来たよ！」と言う。マキが振り向き、感動して石室に飛びつく。以下、団長や佐々一派の「あきれた顔」、「歩いてくる杉山のがっかりした顔」、「船室から出て来た途端に気がついてにこにこするマキの父母の顔」が、次々と映し出され、最後に「中学生、女学生たち、歓声を上げてマキと石室の周囲に集ってくる」ところでフェイド・アウトとなる。

言うまでもなく、作者が身をもって体験した出来事にフィクションを交えて構成されたシナリオであるが、主要人物である石室とマキには、新婚当初の清岡自身と真知夫人の存在が、ごく自然な形で投影されているだろう。なお作中で重要な場面として描かれる裁判の実話に関しては、後年『夢を植える』に収録の掌篇「船の中の裁判」(『大連小説全集』に採録の際は「船のなかの裁判」と改題)がくわしい。

清岡が残留日本人技術者や医者などの子弟の唯一の学校である大連日僑学校で、英語と数学を教えたのは、一九四七年五月から翌年七月の引き揚げまでの、わずか一年あまりの間であったが、清新の気を吹き込む青年教師としての清岡の姿は、生徒たちにも強い印象を与えたもののようである。同校の同窓会が一九九六年に刊行した『文集大連日僑学校』には、清岡も元教師として「大連の自然」と題する思いのこもったエッセーを寄稿しているが、元生徒たちのなかにはこのころの清岡の思い出を書き留めているひとが幾人かいる。青年教師の素顔を彷彿とさせるものがあるので、少しだけ引用する。

《清岡先生の授業は厳しかったが、詩人ランボーの事を知ったのも授業中だった。（略）ベートーベンの生き様を説かれ、勉強をするなら徹底してやれ、中途半端なら止めろと言って居られた。（略）先生のゼミナールも楽しかった。ポーの大鴉を発音はともかく韻を踏んで原文で読んでくれた。英語は解らなかったが、怪奇で不気味さは感じ取れた。（略）清岡先生の婚約者の家に良く連れて行かれ、クラシック音楽を聞かされた。第九を聞いた事があるかと聞かれ、大工かと思い、いいえと答えた。第九を初めて聴き、四大バイオリン協奏曲も総て鑑賞したと思う。流麗な旋律に導かれ、軍歌しか知らなかった少年は、優美な世界へと誘なわれて行った。くるみ割人形が好きだと言ったら、そんな駄作を聴くなと言われ、処女の時は総て一流を読み、聴き、観ろと教わった。これは、彼の美哲であった。》（二期生　小西勇三）。

話をシナリオ「マキの新婚旅行」に戻すと、敗戦後の外地からの引き揚げにともなう種々の軋轢や混乱（そこには中国本土における国共内戦や米ソの対立が複雑な影を落としていた）といった深刻なテーマを扱いながら、全体に明るく楽天的な雰囲気がただよっているのは、主人公である石室の前向きな生き方に、なによりも軍国主義の思想統制からの解放感が、つよく作用しているからに違いない。

このあたりの清岡の立ち位置については、阿藤を追懐した短篇「千年も遅く」のなかで、作者自身によって次のように明快に解き明かされている。

《私のかつての生の倒錯ふうの気分、現実の成立条件そのものを否定しようと焦る死への親愛の気分は、大きく変わっていた。それは逆に生きることをめざし、現実全体を拒否したがる情感から離れて、未来に方向づけられた相対的な現実の変革と進歩を、私なりに夢想するようになっていた。引き揚げのとき日本の自由主義社会にいだいていた大きな期待は、いろいろな点で幻滅を味わわなければならなかったが、いわばその分だけ、敗戦後の大連で見聞した中国やソ連の行きかたが、参考のように甦ってきたし、なんらかの政治行動に参加する気持ちはまったくなかったけれども、孤独な頭のなかには、社会にたいする関心が溢れていた》。

いいだ・ももは、雑誌「世代」を終刊後二十五年の時点で振り返るある座談会の席上で、清岡のこのくだりを引用しながら次のような主旨の発言をしている。

「日常的な会話をだれとも交わすことなく、一高のなかを巨大なるヒキガエルのように徘徊していた「天性の詩人」清岡が、引き揚げ後は「これだけの社会的な関心をもって出発し」たことに、感銘を受けた。またそこには当時の若者に共通する時代意識を見ることが出来る、云々（いいだ・もも、中村稔、日高普「われらアプレゲールの青春――雑誌『世代』の軌跡――」、「世界」一九七八年四月号）。

戦時中の一高詩人・清岡を第三者の眼で素描した貴重な証言である。当時の一高には外地組と内地組といった呼称があったようであり、清岡、三重野、そして原口らは前者、遠藤麟一朗、いいだ・もも、そして中村稔らは後者であった。両者の間に確執があったとは思えないが、多少の距離感があったのであろうか。「巨大なるヒキガエル」とはいささか不穏当な比喩であるが、清岡本人にしてみれば、現実拒否の姿勢を内面においてつらぬき、死への親愛を含む憂鬱の哲学にひたすら没頭していたのであろう。いずれにしても、そうした内向的な寮生活者の在り方と、引き揚げ後の社会意識と現実認識の深まりは、大きな懸隔を見せており、これに着目したいいだの発言はたいへんに興味深い。

このシナリオを発表した年の八月、清岡はプロ野球の職場を辞して、半年ばかりのあいだ、新理研映画でニュース映画や記録映画作りに携っている。結局は、集団制作が肌に合わず、翌年二月に再びセ・リーグ事務局に復帰するのであるが、この一時的な転職は、清岡の映画熱が中途半端なものではなかったことの証左であろう。たとえ短期間であっても、一映画ファンから映画制作者への道を実際に歩み始めたことが、ここでは重要なポイントである。

映画への熱中はここまで嵩じて、清岡の内奥で一時休眠していた詩の創作意欲をはげしく掻き立てた。翌年一月には、のちに第一詩集『氷った焰』の巻頭を飾ることになる詩篇「石膏」が、「新日本文学」新年特別号に掲載される。いよいよ本格的な詩への復帰である。そして「マキの新婚旅行」と同じ主題が、映像の喚起と抒情の発露をスパークさせるという斬新な手法で取り扱われ、「引き揚げ者たちの海」と題する傑作を生むことになる。

とある大陸によみがえる解氷の季節
引き揚げ者収容所からの行列は　一瞬

はるかな海へ歩きはじめる　一歩　一歩
罪障の道を　逆に　たどりはじめる

――どうしてきみは　そこにいたのか

やがて　移動する夜空の
振りつづける　異国への　無数の手
そして　船腹をめぐる潮流の
投げかける　過去への　無数の瞳

海に浮ぶ人間たちは　蜃気楼のように
身をすりよせて動かない
海が過ぎ去るのを待っている
言葉が戻ってくるのを待っている

――どうしてきみはそのとき　嬰児を生んだのか
（以下略）

抗することの出来ない外部世界の現実と、個人的な恋愛と結婚の体験を、あざやかに交錯させて描いた名作であろう。作者の前半生におけるもっとも重大な転機を見事に描ききったこと、そして映画によって培われた「記録」を旨とする現実の把握力と、主観的な抒情的詠嘆とを、言葉によって両立させる表現の手法を獲得したこと、この二つの達成によってまさに記念碑的と言ってよい。四行詩三連と八行詩二連による、外部世界のリアルな、そして同時に詩的に昇華された描写のあいまに、簡潔に挿入される四つの疑問形は、妻となった恋人に発せられた驚きのことばであるばかりではなく、運命の摂理とも言うべき「偶然のめぐみ」への讃嘆の叫びでもあるだろう。

シナリオ「マキの新婚旅行」は、映画作品としては実現しなかった。共同制作者たる監督や撮影技師の参画によって、これがどのような映像の世界を現出させスクリーンに繰り広げてくれるかは、今のところ文字を通して読者それぞれが想像する以外に知るすべがない。その意味では作品としては未完成と言わなければならない。けれども詩篇「引き揚げ者たちの海」は、ひとつの完成品として読者に提示されている。それは、記録という映画の手法から学んだ現実の把握と、一個人の叫びや詠嘆を合体させることによって、私たち読者の目の前に実現されてある。

奇しくも清岡がこの詩を書く十年ほど前に、美学者・中井正一がこんな映画理論を展開していた。人間が付託したレンズという物質の非情な眼に映るものは、各々の場面が個々ばらばらにカットで連続している「図式空間」である。そのようなカットの切断面が、観客に対して歴史的主体的感情によるそれらの連続を促す。闇のなかでスクリーンに見入る孤独な観客は、その切断の間隙に向かってほとばしる自らの人間的な感情の声を聞くだろう。映写幕そのものは二次元にすぎないが、カメラの移動と時間のなかの連続とによって、映画は四次元空間を獲得する。しかも、物理的時間に加えて、観客ひとりびとりの視線と反応とによって、さらに歴史を生きる人間の主体的時間をも確立することが出来る。

中井はここに、二十世紀における「主体性」の回復を夢みたのであった。私が清岡の詩と出会ったのは、『美学入門』(一九五二)や『美と集団の論理』(一九六二)を初めとする中井の著書に注目していた時期とちょうど重なるので、ひと言ここで蛇足をつけ加えたわけである。二十歳のころの私の目には、「引き揚げ者たちの海」が期せずして詩の世界でこの夢を現実のものとした点でも、戦後詩の名品として特筆に値すると思われたのである。

第三章　跳躍者

清岡卓行が、外地における敗戦国民としての三年間と東京に引き揚げてからのほぼ五年間、外見上は詩を忘れ、文学から距離を置いていたであろうことは、確かな事実のようである。この点については、彼自身が「近代文学」の一九五四年七月号に発表した評論「記録と芸術I」で、いくらかの屈折を垣間見せる迂遠な仕方で、自身の心境を打ち明けていることに注目しておく必要がある。彼はその冒頭近くで、あの特攻隊員の白いハンカチにまつわる「奇妙な幕間の告白」の主要部分のプレオリジナルを、「文学から遠ざかろうとしているぼくの友人の日記を借りる」（傍点引用者）との虚構を用いて、ほぼ二ページにわたって挿入している。「遠ざかった」あるいは「遠ざかっている」と言っているわけではないのである。

清岡の心底に、詩と文芸への熱い思いと創作への貪婪たる意欲が、マグマのように秘められていたであろうことは疑い得ない。先に引いた大連日僑学校同窓会の文集に、教え子のひとりが匿名でこんな証言を残している。「清岡先生が〈二十年後の日本の文壇を見ていて下さい〉と言われた時のあの真剣なまなざしと口調が忘れられない」。高砂丸で帰国する直前に生徒たちに語ったというこの言葉を文字通りに受け取るならば、清岡がこの空白の期間、文学をまったく忘れ去っていたなどということはあり得ないだろう。八年間の沈黙は、あくまでも生活を最優先の課題として受け止め、家族を守るための戦いを続けた、清岡の基本的な姿勢によるものだろう。文学のためには家庭も棄てて省みない、といった破滅型の私小説作家の生き方は、もとより清岡の選択肢の外にあった。

そのような清岡が、プロ野球の事務所での勤務を続けながら、ようやく詩への復帰を果たしたことについては、すでに述べたように、その前後における映画との深いかかわりを抜きにしては語ることが出来ない。映画への傾倒が彼の創作意欲を刺戟したことはほぼ疑いがないからである。例えば、第一詩集『氷った焰』には、「愉快なシネカメラ」と題する、集中では近作に類する作品が収録されている。初出は一九五九年二月刊行の「現代批評」第二号、のちに吉本隆明が『戦後詩史論』(一九七八)において、「戦後詩の修辞的な彷徨」の始まりとして、読者の注意を促した詩篇である。

題名にも現われているように、清岡の映画芸術へのなみなみならぬ関心と、短期間ながら実際に映画制作にかかわった実体験から、熟した果実が枝を離れ落ちるようにして、生まれるべくして生まれた作品である。そしてそれは、「外部の現実のアクチュアリテ」によって自身の「小宇宙のレアリテを破砕」されたと感じた作者が、「外部の現実こそ夢想よりも夢に満ちている」(前出「ぼくにとっての詩的な極点」）と確信して、これを梃にして逆襲へと転じた瞬間でもあった。

かれは眼をとじて地図にピストルをぶっぱなし
穴のあいた都会の穴の中で暮す
かれは朝のレストランで自分の食事を忘れ
近くの席の　ひとり悲しんでいる女の
口の中へ入れられたビフテキを追跡する
かれは町が半世紀ぶりで洪水になると
水面からやっと顔を突き出している屋根の上の
吠える犬のそのまた尻尾のさきを写す
（十行略）
かれは夕暮の場末で親を探し求める子供が
群衆の中にまぎれこんでしまうのを茫然と見送る
かれにはゆっくりとしゃべる閑がない
かれは夜　友人のベッドで眠ってから
　寝言でストーリーをつくる

記録映画におけるモンタージュの技法の言語芸術への応用である。視点の異なる複数のカットを組み合わせて用いるこの技法は、清岡が終生愛用したもので、後年は「夢のモンタージュ」としてしばしば転用されることになる。エイゼンシュテインが、ソシュールの言語論の影響を受けながら、シナリオの言語的要素を映像に置き換えて編集する手法をとったのとは逆に、脳裡に思い浮かべた映像のカットをひとつひとつ言語に移し替え、詩行に定着していくやり方である。

ところでこの作品には、作者自身による興味深い解説がある。「現代詩手帖」一九五九年九月号に掲載された「自作について」。清岡は、映画作家の眼と連動するカメラ・アイの機能を通じて、自身のある「衝動」を表現したいと思ったと述べ、そのための具体的な表現の形が次第に、次のような方程式として育って来たと打ち明ける。

$$ax+bx+cx+dx+\cdots\cdots=0$$

「この場合、xとは生きた衝動で」あるから「ゼロでは」なく、「従つて、a+b+c+d+……=0となるように、具体的なa, b, c, d, ……を発見すること」が、作者に課された仕事となる。前提となる事情をこのように説明したうえで、清岡は自作の全文を引用してから、以下のような種明かしをする。

《地図の件がaです。その昔フェデールとスパークが先ず地図を眺めて映画を考えたというエピソードからの連想。ビフテキの件がbです。クルーゾーが食べる女の口の中をチラリと写したことがあります。洪水と犬がcです。ニュース映画でそうした犬を眺め、ぼくなら尻尾のさきをクローズアップすると思いました。（略）子供と群衆がhです。クレマンの『禁じられた遊び』やデ・シーカの『自転車泥棒』のラストなどからの連想です。最後の、ベッドと寝言とストーリーの件がiです。これは、ぼく自身がニュース映画社に勤めていた頃の、仕事に熱中した体験です》。

　言うまでもなく、こうした説明を読んだからといって、必ずしもこの作品の価値が上がるわけでもなく、またその受容が深まるというものでもない。あくまでも実験的な作品の誕生のいきさつを語ることに、作者自身が喜びを感じているらしいことが、ここでは重要である。清岡はこれ以降もたびたびさまざまな形で自作解説を試みるが、こうした試みがあらたな創作の原動力となっているケースが少なくない。後年の「朝の悲しみ」や「アカシヤの大連」などの散文作品においても、しばしば自作詩への注解的な言及が見られ、それらが作品の進展を助け、登場人物もしくは話者の内面生活の記述に奥行を与える要因となっていることが、認められるからである。

　この意味において、清岡がこの作品のモチーフを、カメラ・アイによる「記録」と、作者自身の「衝動」という二つの側面から説明していることがとりわけ興味深い。さまざまな映像的な事象にからめて表現される「衝動」は、作者の内面にひそむ心の動きであって、それらをモンタージュしたものの総和はゼロになる。なぜなら実際には外部世界において何事かがなされるわけでも、また眼に見える形で事件が起こるわけでもないからである。

　ここで作者が期待するのは、記録映画のカットのようにして列挙されたイメージのおのおのの喚起の切れ目において、読者もまたなんらかの自身の意識のうごめきを感知し、その連続のすえに最終二行にいたって、みずからの「ひとつの物語（ストーリー）」を作り上げることであろう。

こうした試みは、映画とともに当時の清岡の心を深くとらえたシュルレアリスムの詩的実験との距離がきわめて近い。清岡にとってシュルレアリスムは、「レアリスム発展の一環として積極的に再評価」すべきもの（「超現実と記録」、『廃墟で拾った鏡』所収）であったから、映画から得た文学的感興を「内的レアリスム」へと深化させるための有効な方法的手段であった。清岡とシュルレアリスムとのかかわりは、第一詩集『氷った焔』から、中期の夢を主題とするいくつかの連作を経て、晩年の大作『マロニエの花が言った』にいたるまで、ほとんど途絶えることなく持続した。

敗戦前後の清岡が、映画に強い関心を抱いたことは、すでに見た通りである。その場合、記録映画とイタリアン・リアリズムが特別な意味を持ったが、言うまでもなく「現実」をいかにとらえるかということが、その時代の艱難辛苦を生き抜いてきた彼にとっては、火急の用であったからである。この「現実」の探求が、流通する日本語訳を用いれば「超現実」、すなわち「超現実的なもの」le surréel、もしくはその特性であるところの「超現実性」la surréalité への関心に接続したり移行したりするのは、ある意味ではごく自然のなりゆきであった。

「超現実」というこの用語は、現実からかけ離れた「絵空事」、あるいは「空想の世界」と誤解されることがあるが、むしろ日常生活において通常認知されている現実と隣り合わせになったもうひとつの現実、ふだん気づいていなかっただけにより強度なものとして立ち現われる現実、あるいは世俗の雑踏のなかに不意に出現する驚異の現実、とでも言うべきものである。surというう前置詞はラテン語のsuperに根ざしているが、接頭辞として用いられたこれを「超越した」と和訳すると誤解を招く。ギリシャ語起源ならhyperに通じる言葉であり、「超・過度」の意である。ひとことで言ってしまえば、芸術の世界において「ハイパーな現実」を探求するのが、シュルレアリスムと言って間違いないだろう。

清岡はほぼ十年をかけて「新潮」に発表した『マロニエの花が言った』の連載をひとまず終えた時点で、「現代詩手帖」（一九九九年一月号）に「わが戦後詩」と題する一文を発表している。編集部の問いに答える「新春インタビュー」の形を取っているが、実際は書き下ろしに成る架空対談である。清岡はその冒頭ちかくで、自身を含めた戦後詩人たちのシュルレアリスム摂取の実情について、かなり踏み込んでくわしく語っている。全体的な見取り図とともに、控えめながら自身の立ち位置についても、きわめて明快に語っている貴重な発言なので、少し長くなるが引用する。

《日本のシュルレアリスムは一九二〇年代後半、フランスの影響を中心に、西脇順三郎、北園克衛、上田保、瀧口修造などによって始められており、その成果はもちろん画期的なものとして評価されるもので、後輩たちにさまざまな影響をおよぼしています。しかし、本来は高い意味を担うべき教養主義が、多かれ少なかれ皮相的な段階にとどまる場合もあります。

戦前の日本におけるこの新しい詩の運動は、戦後十年ほど経ったころの若い詩人たち、たとえば大岡信、飯島耕一、そして私などには、ある摂取の状態を生々しく知る喜びをあたえると同時に、その内実の物足りなさを覚えさせるものであったと思います。（略）

戦後のそうした若い詩人たちが求めたものは、シュルレアリスムの全人間的な受容と表現であり、その体験を通じて二十世紀的なこのきびしい関門を、それぞれ自分なりに通過することであったと思います。そのために、一九二〇年代半ばから三〇年代にかけてのフランスのシュルレアリスムに、あらためて直接学ぼうとする場合もありました。急がば回れ、です。「シュルレアリスム研究会」という集まりもありましたし、シュルレアリスムを共通のジャンピング・ボードにするという創刊号の後記をもつ同人詩誌「鰐」（吉岡実、飯島耕一、大岡信、岩田宏、清岡卓行）も、短い期間ながら刊行されました。これら二つの存在は一九五六年から六二年にかけてのことです》。

シュルレアリスムを、未来派やダダイスムなどに発する、二十世紀初頭のアヴァンギャルディスムの一展開としてとらえる視点も大切であり、とりわけ詩の分野において、千数百年にわたる韻文の歴史を「イメージの詩学」によって大きく塗り変える、きわめて重要な転機となった点については、別に稿を改めて論じなければならないだろう。また精神医学や政治参加、あるいはジェンダー論などとのかかわりについても、多くの論がなされているが、忘れてならないことは、シュルレアリスムがあくまでもひとつの巨大な精神運動であったのであり、一定の原理的な主張や方向性に収束させてとらえようとすることは、生産的でもなければ現実的でもない。清岡が前記の「超現実と記録」で指摘するように、サルトルが『文学とは何か』で展開したシュルレアリスム批判の限界はまさしくそこにある。

当時の清岡が数人の仲間たちと語らって集い、シュルレアリスムから摂取しようと試みたのは、イデオロギーや主義主張とは縁遠い実践的な方法論であった。彼らにとってはその「全人間的な受容と表現」こそが最重要の課題であったからである。右の引用でふれられている同人詩誌「鰐」は、一九五九年八月十日の創刊号から一九六〇年三月三十日刊行の第七号まで、ほぼ定期的に刊行されたが、その後幾度かの中断を経て、一九六二年九月二十日刊行の第十号をもって終刊した。清岡は第一号から第六号までの編集を担った。彼は創刊号の「編集後記」にこう記している。

《自然な結集作用によって、ここに、新しい同人詩誌ができた。「今日」の会や「シュルレアリスム研究会」を通じて、同人たちがある共通の欲求をもっていることをお互いに充分に意識し、それが、「鰐」を誕生させるに至った。

その共通の欲求とは何か。しかし、ぼくたちは、それをマニフェスト化して出発しないだろう。作品に最も大きな発表の場を与え、詩論はそれらの中から熟してくるのを待つだろう。これは、戦後詩の在り方に対する一つの反語でもある》。

先の引用に見える「ジャンピング・ボード」という言葉は、創刊号ではなく、第二号の編集後記に見える。同じく清岡の書いたもので、創刊号の反響についてユーモアを交えて喜びを語った文章なので、これも引用しておこう。

《薄い詩誌ではあるが、月刊であり作品中心であるためか、同人たちの意気はなかなか旺んである。先日も、一女性読者が創刊号に対し、「私も鰐に乗りたい！」という猛烈な投書を寄せ、同人たち以上にシュールな読者がいると、皆、大いに喜んだ。シュールと言えば、それの第二次大戦後における再評価乃至は摂取が、ぼくたちに共通なジャンピング・ボードである。それも、知的な教養とか方法的な関心にとどまる問題ではなく、ナマの、最も深い意味における現実の問題なのだ。その理由は、やがて、詩論の上で明らかにされて行くだろう。しかしながら、それは出発点なのであって目標ではない》。

マニフェストから出発する意識過剰のグループ結成ではなく、あくまでも作品中心主義の集まりであったということだろう。清岡がこの詩誌に発表した詩作品は、「真夜中」（一号）、「嬰児と恋人」（四号）、「プレヴェール風の酒場――パロディ」（七号）、「マヌカンの行進――昨年の手帖の中のメモから」（十号）の四篇であり、また翻訳詩はいずれもロベール・デスノス原作の「恋愛の花について　また移住する馬について」（二号）、「イザベルとマリー」（三号）、「ペリカン」（同）の三篇である。

清岡は数あるシュルレアリストたちのなかでも、デスノスを偏愛し、その関心は晩年の大作『マロニエの花が言った』にいたるまで、息の長いクレッシェンドの勢いで増大した。「鰐」掲載の訳詩は、三篇のうち「恋愛の花について　また移住する馬について」と「イザベルとマリー」の二篇は『肉体も財産も』*Corps et biens*（一九三〇）所収のものである。

残りの一篇「ペリカン」は、作者自身が「歌物語」chantefableと呼ぶ大人と子供向けの楽しい小譚詩である。十八歳のジョナタン船長が捕まえたペリカンが「真白い卵」を生み、その卵から孵った雛が最初のペリカンとそっくりに育つと、同じように「真白い卵」を生む。その繰返しは、「とても長い間　続けられます／若しそれまでにオムレツを作らなければ」。

デスノスはブルトンを中心とするシュルレアリスムのグループから遠ざかった後、第二次世界大戦中レジスタンスの活動に関与したかどでゲシュタポに逮捕され、チェコスロヴァキアの強制収容所に送られ、チフスに罹って死去するが、「ペリカン」はその前に書かれた、デスノス晩年の心優しく機知に富んだ作品群のうちのひとつである。清岡がこの愛すべき小品の翻訳を「鰐」三号にそっと忍び込ませたのは、当時十歳であった長男の照比古と生後十ヶ月の乳飲み子であった次男の智比古を、思い浮べてのことであったかもしれない。

ところで『肉体も財産も』の原書について、清岡は「私の履歴書」のなかでこんなふうに回想している。

《シュルレアリスム研究会は一九五六年から二年ほどつづいたが、一九五七年のある日、この研究会からの帰途、私は仲間の一人江原順と新宿で飲んだ。話がたいへん弾んできたとき、彼は私に気前よく、一九三〇年に出たデスノスの詩集『肉体も財産も』の原書をくれた。くたびれた古本であったが、私は感激した。それはその後、私の熱愛する詩集の一冊となった》。

江原順は清岡より五歳ほど年少であったが、東大文学部哲学科を卒業したのは、清岡と同じ一九五一年であった。その後、若き美術評論家として頭角を現わし、ダダイスムやシュルレアリスムの移入や紹介に努めたが、一九六二年フランスに渡り、パリ、そしてブリュッセルに居住して、国際的な評論活動を続けた。二〇〇二年一月、十数年間を過ごしたブリュッセルで客死した。

私は一九八三年に、留学以来ほぼ十二年ぶりに、半年ばかりパリに滞在する機会を得たが、そのおりに滞在中のホテルでたまたまある知人を介して江原順（本名・下川英雄）と知り合い、モンパルナッスの彼のアパルトマンを訪ねたりした。以後二〇〇〇年ごろまでの間に、数ヶ月から一年の期間でパリまたは南仏に滞在するたびに、連絡を取り合って彼と再会することが出来た。清岡の知人ということもあり、彼はいつも優しかった。内縁関係にあったチェンバロ奏者の物静かな夫人にも会ったことがあるが、蒲柳の人でまもなく亡くなった。ブリュッセルのアパルトマンで当地の鰻を蒲焼きにしてごちそうして貰ったことは忘れない。会うと必ず「清岡さん」の話が枕詞になったが、デスノスをはさんだ江原と清岡の縁は、『マロニエの花が言った』の執筆の過程でも、微笑ましい友情の実を結んだ。フジタ（藤田嗣治）が妻でありモデルであったユキ（彼女はのちにデスノスと結婚する）の右の太ももに彫った人魚の刺青について、江原は珍しい写真を入手して清岡に提供したのである。

「鰐」の第三号に載った訳詩「恋愛の花について　また移住する馬について」は、原詩で四ページにわたる長篇である。森の樹木をことごとく愛の虜にして滅ぼす「巨大な花」と、緑の平原となったその広大な土地に出現する町々と川の流れ、そしてそこに現われる「移住する馬」たちが、まさしく走馬灯のように美しい映像を繰り広げる。死をまねく愛の残酷とその生命力にまつわる、おとぎ話にも似た美しい寓意詩である。部分的な引用はほとんど意味をなさないので、残念ながらここでは割愛する。

シュルレアリスムとの取り組みは、「鰐」創刊の数年前からすでに活発に行なわれていた。その成果は、詩誌「ユリイカ」（第一次）に発表されたいくつかの翻訳や評論の類に見ることが出来る。例えば一九五七年九月号には、「恋人のイマージュ」と題する意欲的な評論が載っていて、これには数多くのシュルレアリスムの恋愛詩の名作が清岡自身の翻訳で引用されている。ブルトン「自由なる結合」、デスノス「神秘的な女へ贈る詩」、エリュアール「途絶えざる詩」、「消燈」、「ぼくらふたり」等々。

さらに「鰐」創刊後も、「ユリイカ」一九五九年十一月号に、デスノスの詩五篇が訳載されている。「大理石の薔薇から鉄の薔薇へ」、「ロベール・デスノスの声」、「ぼくはそれほどきみを夢みた」、「着物をお脱ぎ」、「喪のための喪」、いずれもデスノスの代表作とも言うべき詩篇である。このうち「ロベール・デスノスの声」は、「詩学」一九六一年三月号にも転載されている。

このように、清岡におけるシュルレアリスムの受容は、あくまでも作品を中心としたものであった。この運動にはつきものの、グループの離合集散や理論闘争の細部、あるいは精神医学や政治情勢とのかかわりなどに、必要以上にこだわる一部の研究者や専門家たちの姿勢とはほど遠い。清岡が愛好したのは、ブルトンやデスノスを中心とする一九二〇年代のフランスのシュルレアリストたちの、なによりも「豊かな美」を実現した一連の作品であった。そこには第一次世界大戦の灰燼をくぐり抜けたフランスの「ロスト・ジェネレーション」と、祖国日本の戦争と敗戦によって「艱難辛苦」に耐えてきた自身とを、ひそかに重ね合わせる心の動きもあったのであろう。「鰐」に掲載された創作詩四篇は、いずれも改作のうえ第二詩集『日常』に収録された。ただし「嬰児と恋人」は「ありふれた奇蹟」に、また「プレヴェール風の酒場」は「そんなことは」に、それぞれ改題されている。これらの作品を見るかぎり、自動記述 automatisme などの実験的な手法が、直接取り入れられた形跡は見られない。睡眠時の夢を素材にしたと推測される作品がほとんどである。清岡がシュルレアリスムから学んだもっとも大きなものは、この「夢」という広大な沃野に分け入るシュルレアリストたちの作品が示す可能性の豊かさであっただろう。

例えば「鰐」第一号に掲載された「真夜中」は、睡眠時と目覚めのあわいに見た夢を素材にしたことを想像させる作品であるが、シュルレアリスムの技法を直接取り入れたというよりは、あくまでもその創造的摂取によって生み出された作品だろう。

おれの微かな　しかし
むずむずする　尾骶骨から

いきなり　太く逞しい尻尾が
鰐のそれのように　にょっきり
生えてくるのではないか
と　そればかりを心配して
夜を眠れないでいる男がいる。

ここから先は肥大する空想に身を委ねる男の話。後段は「体じゅう　乳首だらけの女」に裸身を撫でまわされたあげく、ついには尻尾をつかまれてしまうという、ユーモアとエロティシズムが横溢する三十七行の愛すべき詩篇である。もちろん作者個人の性的な嗜好をあからさまに反映したものではなく、あくまでも「黒いユーモア」の実現を目指した、遊び心にみちた作品のひとつであることは明らかだろう。

このように第二詩集『日常』に収録された詩篇が、おおよそ「内的レアリスム」としてのシュルレアリスムを、自家薬籠中のものとして自由に摂取したことによる成果であったのに対し、第一詩集『氷った焔』に収録された詩篇には、もっと直接的にこの芸術運動の波動を受け止め、それによって創作意欲を刺戟されたことをうかがわせる作品がいくつか見られる。

この詩集の表題作である「氷った焔」は、十の断章からなるが、そのうちのいくつかは、シュルレアリスムの方法、特に自動記述の技法を意識的に採用している。いわば無意識の領域に参入して自己の内部を劇化しようとした意欲的な実験作である。言い換えれば、戦争とその後の日常生活を束縛した過酷な条件によって、過去の記憶と身分証明を剝奪されたと自覚する青年が、ひとりの女性の裸身を鏡にして、自らの無意識を「乱反射」させる過程で、内部の回復と喪失感からの慰藉を求めた、と読み得る作品である。作者は第一と第五の断章が、いずれも自動記述の方法によって同じ日に書かれたものであることを打ち明けてから、「書き終えたのちの解放感は、今迄にない深いものであった」(「ぼくにとっての詩的な極点」)と述べている。断章「1」の全文と同じく「5」の後半を引用する。

朝
きみの肉体の線のなかの透明な空間
世界への逆襲にかんする
最も遠い
微風とのたたかい

でこぼこの飛行場のうえの
果物にとりかこまれた

昆虫の視線を怖れない
おお　ふしぎに美しいきみの骸骨

作者は、前出のエッセーにおいて、ロラン・ド・ルネヴィルがかつて『詩的体験』（一九三八）において、「詩作の強度の意識が、状態として、無意識の詩作に合致し得る」ことを説いたことを想起しつつ、「ぼくの実験は、自働《ママ》記述を、できるだけ強く意識的に自己に課することであった。それは確かに無意識的な状態に近づき得る」と述べている。自動記述が技法の借用にとどまらず、内部からの切実な要請にこたえる有効な手法であった証左だろう。

ここで、本篇のタイトルであると同時に、詩集全体の呼称ともなった「氷った焔」について、ひとこと触れておかなければならないだろう。もしかするとオペラ・ファンのなかには、「焔を招く氷」の姫君トゥーランドットを想起する向きもあるかもしれない。しかし多くの読者は、ランボーの「焔と氷の天使たち」という『イリュミナシオン』中の一句を連想するだろう。「陶酔の午前」と題する詩篇に、原文で示せば des anges de flamme et de glace という句が見える。ランボーの熱心な読者ならずとも、『氷った焔』の読者なら、この事実に容易に気づくだろう。なぜなら同じ詩集に収録された、ランボーの死への旅路を描いた長篇詩「ハラルからの手紙」には、この句が鍵かっこ付でそのまま引用されているからである。

雑誌「現代批評」を通じ、吉本隆明らとともに清岡とも親しく交わった文芸評論家の奥野健男は、その著『文壇博物誌』（一九六七）所収の人物評「清岡卓行」のなかで、《「氷った焔」という題にぼくらは「焔と氷の天使たちなのか」というランボオの詩の一節を連想する。ランボオは清岡の精神の核にたえずすみついている》と述べている。ごく自然な受け止め方であろう。

ランボーがこうした撞着語法 oxymoron をことさらに好んだことはよく知られている。たとえば一八七二年六月、パリに滞在中のランボーが、郷里のシャルルヴィルにいる友人のエルネスト・ドラエーに宛てた手紙に、酒場で飲む強烈な酒アプサントを、隠語を交えて以下のように讃えるくだりがある。「この氷河のサルビア、つまりアプソンフの効能による酩酊こそは、このうえもなく優雅で、すてきに打ち震える衣服を身にまとったような心地なのだよ。けれどもその後は、糞のなかで寝るという始末だがね！」

「アプソンフ」は、詩人がヴェルレーヌなどとの仲間うちで使った「アプサント」の隠語であるが、これによる酔い心地を「氷河のサルビア」sauge de glaciers と表現しているわけである。「緋色の花」と白銀の「氷河」という二つのイメージの衝突は、強烈なアルコール飲料の作用を端的に喚起するだろう。そういえば、少しあとの清岡の作にこんな数行がある。

すいた胃袋に
何かの感情の眼ざめのようにしみて行く
冷たい火のオン・ザ・ロック。

第三詩集『四季のスケッチ』所収の「冬のレストラン」からの引用である。こうしたイメージの衝突が生む詩的な効果は、シュルレアリストたちが「デペイズマン」dépaysement（本来あるべき環境から別のところへ転置することによって、異和を生じさせ、そのことによって芸術的な効果をねらう手法）の用語を用いる前に、つとに能ある詩人たちが心得ていたことであった。フランスではユゴーやランボー、そしてアポリネールなどが、これに類した手法をいともたやすく駆使した。

ランボーとのかかわりでさらに言えば、断章「9」の冒頭二行（きみの白い皮膚に張りめぐらされたそこびかりする銃眼／すでに氷りついた肉の焰たちの触れあう響き）は、『イリュミシオン』中の一篇「野蛮人」の一句を連想させる。清岡訳『新編ランボー詩集』（一九九二）から引用しておこう。「おお！　血のしたたる肉でできた旗は、北極の海や花を織りなしている絹の布のうえに。（そんな海や花は存在しないが。）」名うてのランバルディアンであった詩人の作品であるだけに、一顧ほどの値打ちはあるだろう。

ところで清岡自身は、こうした外部からの通り一遍の説明には、あまり興味を示さなかったように思われる。短篇集『蝶と海』（一九九三）所収の「氷った焰とは？」を書かせたのは、私を含めた他者のそうした解釈への不満や失望からだったのであろうか。いや、この短篇が自作語りを創作へと昇華させた典型的な一例であるところから見て、むしろそうした説明へのあきたらない思いが、新たな探求心を掻き立てたと言うべきだろうか。

この短篇小説は、「私はそのころある女性像を詩のなかで思いきって深く、というのはその精神的な構造の根底が透けて見えるぐあいに深く、描いてみたいと思っていた」、との一文に始まる。「そのころ」というのは、「氷った焰」を書く少し前、著者の「三十代初めごろの話」であり、この小説の前半で語られる彼自身の来歴とシュルレアリスム、とりわけデスノスへの深い関心は、私たちがこれまでそのおおよそを見て来た通りである。

後半の冒頭、いよいよ本題にさしかかったところで、作者は自分が書きたいと思っていた作品の主題をこんなふうに要約している。「時間と空間という人間にとってどうにもならない形而上的な条件を拒みたいという無意識的で絶望的な希求と、自然、社会、他人、ときとして自分自身が強いてくる状況を超えたいという不可能な自由への夢とのあいだにあって、若い美しさが引き裂かれそうになったまま、動きがとれなくなり、まだどこにもあらわれていない未知の恋人の視線を求めているような女性像――」。

なにやら、マラルメの「エロディアッド」やヴァレリーの「若きパルク」に連なる純潔の娘を思わせるが、言うまでもなくそこには、戦中戦後を生き延びた清岡自身の精神の葛藤が、投影されているのだろう。このように強く意識された主題を実現するためには、「詩作の白熱状態への点火を行う一つの単語、一つの句、一つの文、あるいは言葉になっていない一つのイメージが、私の頭のなかにあるとき不意に浮かびさえすればいい」、と詩人は納得する。待機の時間は短くはなかったが、ある日それはやって来た。「晴天微風の昼前で、まだ人通りが少い銀座の道を歩いているときに」。

《私はこの言葉がとても気に入った。現実にはありえない美しいイメージとして。人間的な苦悩をいろいろと投影できる意味によって。ローマ字で〈KOOTTA HONOO〉と書けばよく見えるように、力強く深沈とした言葉の音楽のために。そして、これは題名となる言葉だと直感的に思った》。


著者はこのあと、作品の具体的な制作と成果について語っているが、そのおおよそは私たちが先に概観した内容とほぼ重なるので、ここでは省略する。この短篇小説の眼目は、後半に語られる新たな「発見」である。著者は、この作品と第一詩集の題名を兼ね備える言葉が、自らの無意識や記憶の何処から浮かび上がって来たのかを、ながらく問い続けたあげくに、かつて幼少期からの逍遙の地であった大連の弥生ヶ池（現在の映松池）を、三十四年ぶりに再訪したときに、ついにひとつの回答を得た喜びを、こんなふうに語っている。

《六十歳の私は冬の初めの大連に五日間滞在中、南山の麓にあって市街に即かず離れずといった位置にある感じのこの池にだけは二度も行った。二回目のときは正午前のひとときであったが、池のほとりをしばらく歩いたあと、公園のベンチに坐り、氷ったため一部が日光で白く光る池とその周囲の冬景色をしばらくうっとり眺めていた。そのとき、頭のなかにまったく思いがけない言葉が不意に浮かんできたのである。

氷った焰だ！

この言葉は氷った池を取り囲んで立つ落葉樹と常緑樹にたいするものであった。それらの一本一本はどちらかへ少し曲がったりして伸びていたが、全体としては青空へ垂直に伸びようとする強靱な意志、——焰が風に揺らいでも上方へ垂直に立とうとする不屈の志向と同じ形の意志を、ある静謐の雰囲気のうちに感じさせていた。しかも、これらの樹木は、それらが取り囲む池が氷の下の水中に小さな動植物の春の活潑な生動を待機させているように、氷ったような樹皮のなかに自分の春の生動を秘めていた》。

眼前の冬枯れの風景に幼少年時代の記憶が重なって、ようやく永年の疑問が氷解したことに、作者は静かな喜びと安らぎに包まれる。けれどもこの短篇はここで閉じられているわけではない。大連再訪の三年後に書いた「ある炎」という自作の短唱を引用して、これに簡潔な自注を施したうえで、作者はさらにこんな逸話を書き加えているのである。

詩人は、両親と長兄の眠る墓の近くに、それとは別の寺の墓地に新しく自分の墓を求める。「二つの台風のあいだの雨の降りそうな曇り空」のもとで、家族とともにその「新しい白い御影石の墓」を眺めに行ったときのことである。墓石業者が丁寧に磨いたその「垂直な線と水平な線によってきびしく切り取られた縦長の直方体の岩石」を、美しいと感じて眺めていた作者の頭のなかに、不意にあの言葉が甦って来た。「氷った焔だ！」

自らが紡いだ言葉を時間の経過を経た後に反芻し、さらにそこにあらたな意味を見いだす詩人の半永久的な営み、と言ったらいいであろうか。ここまで来ると、読者が「氷った焔」を読んで、どのような感想を抱き、そしてその作品の具体的な言葉の使い方にどのような解釈を下したか、などといった受容者側の問題とは、もはや次元を異にしていると言わざるを得ない。清岡卓行の自作語りとあらたな創作の「掘削作業」が、ひとつになった実例がここにもあるだろう。

ここまで、およそ八年間の空白を経てようやく詩作を再開し、二冊の定本詩集を刊行するまでの清岡の活動を、映画とシュルレアリスムという二つの「ジャンピング・ボード」に着目して、粗描して来た。本章を閉じる前に、第二詩集『日常』の末尾に収録された散文詩「地球儀」が、これ以降の清岡のほとんどすべての文学活動を、ひそかに予告し、あるいは占うものであったこと、そしてその意味において、彼の全作品へと通じる円形広場の中心点にもっとも近い作品であることにだけ注目しておきたい。

「地球儀」は、一九五九年十二月に、NHKラジオで放送詩として公表された（引き続き翌年一月には、〈ラジオのための詩「夢――一人の男と一人の女の声による――」〉が放送されており、このテクストはまもなく「ユリイカ」三月号に掲載される）。表題にはアクチュアリティを強調するかのように、「または一九六一年一月九日」の日付が添えられている。ド・ゴール大統領のアルジェリア政策が、フランス本土と現地での同時投票により、過半数を優に上回る支持を得て、長い不幸な戦争にようやく終止符が打たれる希望の灯りの見えた、歴史的な記念の日である。
構成はいかにも記録映画のスタイルそのものである。冒頭で、語り手である作者が勤めを終えた後、文房具店で小学生の息子のために地球儀を買い求めるまでのいきさつが、豊かなイメージのくるめきとともに描かれる。続いて、ラッシュ・アワーの電車に揺られて、自宅に向かう作者の脳裡に浮かぶさまざまな想念が、川の流れに身をゆだねるかのようなリズムで、次から次へと紹介される。生まれふるさと大連の風土、幼少年時代の思い出、そして東京での暮らしと子供たちにとってのふるさとについて、等々。なかでもスポットを当てられるのは次のくだりである。

かれはふと、かすかな神秘を感じる。かれと同じ土地で生まれかれと同じ土地で育った妻と、その同じ土地で出会った偶然について。それは、戦争の終わったあとだった。明るい混乱が、二人を出会わせた。二人は、植民地から追われる敗戦国民の子供たちだった。二人の名前をはめこむ、建物も、書物も、機械もない気やすさが、二人を自然に結びつけた。それは、素晴らしい気まぐれだった。彼女は何と美しかったか。何かが一秒、何かが一メートルちがっていたら、とかれは、今でも身ぶるいするのだ。

このハイライトが、のちに『アカシヤの大連』を中心とする、美しい港湾都市を舞台とする連作群へと発展していくことは、清岡の読者なら誰しも知っている。「地球儀」が、芥川賞受賞作に、入れ子のように、あるいはまた、複合するモチーフによって重層的に展開する映画に挿入された一シークエンスのように、はめ込まれていることを想起しておきたい。

散文詩の結末は、電車の乗客のひとりが持っていた携帯ラジオが伝えるパリ発のニュースに触発された、語り手の感想であり、問いかけである。

アルジェリア！　かれはふと連想する。そこで生まれ、そこで育ったにちがいない、多くのフランス人の子弟のことを。見たこともなく、いや、今までに思い浮べたこともない、青年たちや少年たちのことを。（略）かれは、なんとなく、呼びかけてみたくなる、きみたちはフランスの本国に帰りたまえ、率先して、親たちを説き伏せ、あの、伝統の国に帰りたまえ、ふるさとは、忘れることができるものなのだ、と。

ひとは、本当にふるさとを忘れることができるのか？　複雑な心境をたったひとつの命題に還元するこの問いかけじたいが、これ以降の清岡卓行のすべての文学的営為の、かけがえのない契機となるだろう。

第四章　喪失と不在

清岡卓行の「詩人・作家」としての六十余年におよぶ活動を概観するなら、これまで見て来た十代と二十代は、好むと好まざるとによらず必然的に戦争の暗い影のもとを歩むものであったが、三十代はその余波を大きく受けながらも強い意思をもって生活を立て直し、その過程において表現への意欲を日々募らせ、ついには創作者として自立することによって、逆襲に転ずるという道筋であった。

本人の自覚はどうであったかと言えば、一九五九年一月七日の日付を持つ『氷った焔』のあとがきが明示するように、その間に彼が直面した「詩的表現の二重の困難」は、「扼殺し得ない絶対と、回避し得ない状況との、二律背反的な関係」という図式に要約される。すでに見たように『氷った焔』は、いわば絶対を夢みる観念と、状況が強いる過酷な現実との相克が、抑制したエロティシズムの光を浴びて鮮烈であった。

それにしても三十代の清岡は、その円熟の後半生を知るものにとっては想像がつかないほどに戦闘的であった。一例を挙げれば、第一詩集を出す十ヶ月ほど前に、第一次の「ユリイカ」(一九五八年三月号)に書いた「映画表現に感じる詩」と題する一文は、端的にその戦う姿勢を浮き彫りにしていて興味深い。「映画にどのような詩を感じるか」、との編集部(編集人兼発行人は伊達得夫)からの注文に応えた、わずか四ページのエッセーである。かなりの速筆になるもののようであり、今日で言えばブログの書き込みにも似た臨場感があって、そのため当時の清岡の普段着の姿が垣間見える。冒頭でいくつかの新劇を見た感想を述べたあと、原稿の依頼主からの問いに対して、まずは単刀直入に、「アクチュアリティ」、つまり「反演劇的な現実の臭気」であると答えている。

映画の好みに関しては、右の理由から「戦後のチャップリンよりは戦前の彼を高く評価するし、ミュージカルは概して興味がない」ということになる。以下、内外の新作映画についての興味深い論評が続くが、後半に入ったところで、いきなり「ユリイカ」二月号の匿名批評への反論が挿入される。谷川俊太郎、岩田宏、清岡らを「少年恋愛小唄唱歌隊」という「幻部隊」にしつらえて、これを揶揄し罵倒するいかにも低俗な詩壇時評である。谷川の新作「夜のジャズ」を取り上げて、これを「不良少女のベッド・カンヴァーセーション」と貶めたり、岩田の傑作とも言うべき「未婚」を一行も引用せず、ただ題名だけを挙げて誹謗する、この「実証ぬきのオナニスト的文体で無責任な批評を書く」仮面時評子に、清岡は小気味よく徹底的な反撃を加えるが、自作についての反駁は「大人気ないから」差し控える、とだけ述べている。

さてこのエッセーの末尾では、戦闘モードのまま再び本題にもどって、映画における「決斗の詩」について、ひとつの具体例を挙げて持論が展開される。「娯楽映画であると同時に一級の芸術品」でもあるというそのフィルムについて、清岡が熱く語っている部分を抜き出しておこう。後年の清岡なら、熟慮と慎重さのゆえにあるいは抑制したかもしれない率直な感想であるが、それだけに今となっては得がたい発言ではなかろうか。清岡はこの半年後に、正面切った作家論としての「フレッド・ジンネマン論」を「現代批評」創刊号に発表し、のちに評論集『廃虚で拾った鏡』に「個人と秩序——フレッド・ジンネマン——」と改題して収録しているが、ここではより親しみやすい語りの口調に接することが出来る。

《ジンネマンの「真昼の決斗」における保安官クーパーと四人のギャングの打ち合いなどは、ぼくの最も愛するところだ。人気のない町に一人で出て行くクーパーを、カメラは遠ざかりながら俯瞰で捉える。引かれるカメラが途中でガクンと言うところなどは、まさにジンネマンの心意気そのものであり、町から切り離された保安官の孤独が、ひしひしと盛りあがっていた。彼を決斗の中間で救った唯一の味方、グレース・ケリーの演じる拝火教徒の新婦は、その固さに魅力があり、四人の敵は倒れる。そして、保安官のブリキの徽章をはずして地べたへ捨てるクーパーの仕ぐさと、集ってきた周囲の人物を眺めるその視線には、彼を取り巻く社会構造に対する痛烈な批評があった。決斗の場面も、ここまでくれば、鋭いアクチュアリティをはらんだ、文句のつけようのない詩であった。》

カメラのガクンという音に監督の「心意気」を知るなどというあたりは、実際に映画制作に携ったことのあるものにのみ許された鋭い観察であろう。クライマックスのシーンを再現する清岡の語り口は、あたかもその「心意気」と気脈を通じるかのように、喜びに満ちていかにも快調である。グレース・ケリーの魅力を、たったひとこと「その固さ」にあると喝破するあたりも、当時いくつかの卓抜な女優論をものしていた著者ならではの指摘であろう。その新婦がクエーカー教徒であったことは、彼女の役柄とも深い関係があるが、これを「拝火教徒」としたのは、おそらく試写会のプレスシートかなにかの情報の不備による単純な勘違いであって、ここでは本質とはかかわりがない。

クーパーがこの映画に出演したのは、五十一歳のときであったというが、さすがに往年の名作（「モロッコ」や「オペラハット」など）を見なれたものにはその老いが目立つ。とりわけケリーの輝くような若さ（当時二十二歳）との対比において、その老いにともなう孤独と憂愁は際立っており、彼が真昼（ハイヌーン）に人気のない町の中心部にたったひとりで、その長身を持て余すように心細げに現われるシーンを見るだけで、観客は胸を打たれる。

この映画が日本で公開されたのは、アメリカ本国とほとんど同じ一九五二年のこと、清岡は当時三十歳であった。くだんのエッセーを「ユリイカ」に書いたのは、ちょうど三十代半ばであった。なぜこれほど年齢にこだわるのかというと、筆者にはひとつの苦い思い出があるからである。

かつて四十代に入ってまもない清岡のことを、「詩人もいよいよ初老を迎え」などとあるエッセーに軽々しく書いて、大失敗をしたことがある。清岡よりちょうど二十歳年下の私にとって、当時の清岡の円熟はそれほど際立って見えた。「初老」を「四十歳」の異称とする辞書の古い定義を鵜呑みにして、それが時代にそぐわないことにまったく気づかないでいるらしい若輩の不用意なことばに、書かれた本人はさぞかし面食らったことであろう。「ぎょっとしましたよ」と、あとで笑いながら打ち明けられたことがある。

それでは清岡の四十代はどのようなものであったか。映画評に便乗してこれを譬えに用いるなら、クーパーの演じる孤独なガンマン、つまり元保安官が、唯一の味方であり理解者であるケリーの演じる妻とともに、「艱難辛苦」を乗り越えてようやく築き上げた家庭の「治者」となり、そこを根城にして拳銃ならぬペンの道をひたすら歩む、というものであった。

一九六四年、四十二歳になるその年に、セ・リーグを辞して法政大学の専任教員になり、フランス語を教えるという新しい生活に入ったが、言うまでもなくそのことは物書きとしての時間のゆとりを得ることに与って大きな力があっただろう。こうして積み重ねられた忍耐と熟慮が、詩的な叡智として実を結んだその証が、一九六六年十月に出版された第三詩集『四季のスケッチ』であり、また新たに散文の分野に豊かな可能性を実証して見せたものは、同じ年の六月に刊行された書き下ろしのテーマ批評『手の変幻』であった。

『四季のスケッチ』は、詩形と主題の多様性、詩想の深まりの両面において、作者の著しい進境と成熟を感じさせる詩集である。ここでは、かつて映画とシュルレアリスムを「ジャンピング・

ボード」にして、種々の実験的な試みに挑戦した若々しさに替わって、静かに自身の来し方行く末を思い、日々の暮らしを見つめることによって、そこにおのずと浸透してくるポエジーの泉を発見して汲み取る、という新しい詩法の実践が随所に見られる。

全体がローマ数字によって五章に分たれており、第一章は〈四季のスケッチ〉と題して、春夏秋冬にちなむ四篇によって構成される。第二章は〈散文的な四行詩〉と題して三十篇の短詩を、第三章〈ソネットの試み〉は二篇の十四行詩を、第四章〈散文詩〉は三篇の散文詩を、そして最後に、章題を持たない第五章は長短さまざまな七篇の自由詩をそれぞれ収める。

第一章の四篇は、いずれも自然と人事の移りゆきの背後に、無限に広がる普遍的時空のかすかな肌触りを、懐かしく感じさせる。例えば冒頭の「早春」の場合、「どこまでも無関心に／澄みきって／晴れあがった空」と、工事現場から発掘された「三百年ほど前の大人や子供の／中頭型の頭蓋骨」に、空間の無際限な広がりと時間の悠久な流れとが、ごく自然なかたちで喚起される。

しかし無限に向かってのこの遠心的な意識の動きに呼応して、必ずと言っていいほど個としての自己自身への回帰が執拗に繰り返されていることにも、注意しなければならないだろう。「ぼくはなぜか／ぼくを恥じる。」「ぼくは　いつまで／こんな都会の片隅を愛するのだろうか?」「ぼくには　まだ／友達というものがあるのだろうか?」これらの私的な呟きは、無限の時空へと飛翔しようとする遠心的な希求を断ち切るかのようにして、あえて個の領域に集中した視線を投げかける、いわば求心的な意識の存在を、あらわにしているように思われる。

かつても指摘したところであるが（拙論「清岡卓行の詩」参照、『清岡卓行論集成　I』所収）、ここで清岡の詩法が見事なさえを見せるのは、個別的なものと普遍的なもの、遠心的な志向と求心的な志向とが、緊張して交錯する一瞬においてである。「早春」の最終連は、「午後の陽がさしそめている」その街角で、「見知らぬ美しい女に／オパールを買ってあげようかと／たずねてみたい」との不意の衝動を告げて作品に終止符を打つ。このファンテジー（きまぐれ）は、そのような一瞬に火花を散らした詩人の手ごたえとひそかな歓喜の現われでもあろう。それはまた、「名前のない世界」を通じて、個と普遍のあわいに垣間見られる生活の彼岸へとつながろうとする、無意識の願望でもあるに違いない。

第一章第三詩の「羊雲」は、秋にちなんだ佳作である。前半は「早春」の場合と同じく「青空」の喚起に始まる。かつて一高時代に偶成の作として得られた、あの一行詩「空」の変奏がここでもなされたと考えていいだろう。第一連が都会の現実から「紺碧」の空への視線の移行を跡づけているとするならば、第二連は詩人の精神のなかでの「青空」の突然の氾濫を、そして第三連は「白く　はかなげ」に漂う「羊雲」に、かすかな人間の肌ざわりを求めようとする心の動きを、それぞれ印象的に描いている。

ぼくは　とある街頭で
思わず　空を仰ぎ

まったく久しぶりに
眼の中まで洗う。
痛いほどしみてくる
その深く　濃い青で。

だが　そこにはすでに掃かれた
白く　はかなげな　羊雲。
その形は何に似ている？
青空がすけて見える
その遙かな
まだらの形は？

これに続く第四連と第五連は、「空」という普遍的時空と「生活」という人間的時空とのあわいを漂う、「音楽」の介入をうたう。冒頭の一句、「音楽を売る店先」のプレシオジテ（詩的気取り）は、中間者としてのこの存在によく似合うだろう。そのレコード店からもれてくるのは、「異国の少女への愛のために亡命した／若いピアニストがいっしんに弾く／《軍馬》とかいう綽名の／起伏の多いコンチェルト」。

第六連は、ピアニストが「捨てた祖国の古い音楽」に誘われて、彼自身は「亡命していないのに」覚える、「祖国への／遙かな悲しみ」を告げて詩篇に幕を下ろす。余計な注釈を入れるなら、レコード店からもれてくるのは、アイスランド出身の若い女流ピアニストへの愛を貫いて、祖国ソ連を捨てたウラジーミル・アシュケナージが弾く、チャイコフスキーの「ピアノ協奏曲第一番変ロ単調」。アシュケナージは、一九六五年、初めて日本に来演した。『四季のスケッチ』刊行の前年である。

この詩は、一方では生活に根を下ろして日常を確かな眼で見つめることの出来る詩人が、ふとしたきっかけから、一瞬はるかな時空へと飛翔してしまったときの軽い驚きを、見事に定着しているが、言うまでもなくここには、「コロンの子」としての詩人の半生が深くかかわっているだろう。

この第三詩集に示された著しい進境は、同じ年の六月に刊行された書き下ろしのテーマ批評『手の変幻』にも、余すところなく示されている。しかもこの世評の高いエッセー集には、清岡のすべての作品の根幹をなす詩学が提示されていると言ってもいい。

序論とも言うべき冒頭の「失われた両腕」と題する一文は、高等学校の国語の教科書などにも採用されて、多くの読者にめぐまれている名文である。

《ミロのヴィーナスを眺めながら、彼女がこんなにも魅惑的であるためには、両腕を失っていなければならなかったのだと、ぼくはふとふしぎな思いにとらわれたことがある。つまり、そこに

は、美術作品の運命という制作者のあずかり知らぬなにものかも、微妙な協力をしているように思われてならなかったのである。》

この書き出しの部分に、すべてのモチーフと主題がゆくりなくも予告的に提示されている。この大理石の彫像が長い年月をかけてパリのルーヴル美術館に到来するまでに、「故郷であるギリシアの海か陸のどこか、いわば生ぐさい秘密の場所にうまく忘れてきた」のが、ほかの身体の部位ではなく、まさに「両腕」でなければならなかったことの意味が、このあと論理的に解き明かされて行くわけである。

著者にとってこの喪失は、「特殊から普遍への巧まざる跳躍である」と同時に、「部分的な具象の放棄による、ある全体性への偶然の肉迫であるようにも思われる」という。論理はつねに詩的な発想と不即不離の関係にある。なぜなら著者は、両腕を失ったこの石像にたたえられている「均整の魔」と「神秘的な雰囲気」に魅惑されて、「なんという微妙な全体性への羽搏きであることだろうか」、との讃嘆の言葉をまず発することから出発するのだから。

このあと著者は、「なぜ、失われたものが両腕でなければならないのか?」との、自らが発した疑問に答えて、次のようにこの序論を締めくくっている。

《ぼくはここで、彫刻におけるトルソの美学などに近づこうとしているのではない。腕というもの、もっときりつめて言えば、手というものの、人間存在における象徴的な意味について、注目しておきたいのである。それが最も深く、最も根源的に暗示しているものはなんだろうか? ここには、実体と象徴のある程度の合致がもちろんあるわけだが、それは、世界との、他人との、あるいは自己との、千変万化する交渉の手段である。いいかえるなら、そうした関係を媒介するもの、あるいは、その原則的な方式そのものである。だから、機械とは手の延長であるという、ある哲学者が用いた比喩はまことに美しく聞えるし、また、恋人の手をはじめて握る幸福をこよなく讃えた、ある文学者の述懐はふしぎに厳粛なひびきをもっている。どちらの場合も、きわめて自然で、人間的である。そして、たとえばこれらの言葉に対して、美術品であるという運命をになったミロのヴィーナスの失われた両腕は、ふしぎなアイロニーを提示するのだ。ほかならぬその欠落によって、逆に、可能なあらゆる手への夢を奏でるのである。》

欠如をかかえる存在としての「ミロのヴィーナス」は、美の理想像であると同時に、人間そのものの象徴でもあるからだろうか。サルトルのいわゆる「即自」と「対自」の関係性を持ち出すまでもなく、存在に「無」のレッテルを貼付し続けずにはいられない人間のありようは、芸術家の創造活動そのものの根拠でもあろう。ここに見るものと見られるものの間に、奇妙な同調関係が生じることを、著者は見逃していない。失われたものへの思いが切実であればあるほど、それを補うべき可能性への夢は、豊かに大きくふくらむ。「詩人・作家」としての清岡の旅は、これ以降、ほぼ四十年にわたって、この欠如関係の力学にしたがって続けられるだろう。

「機械とは手の延長である」という表現は、ドイツのエルンスト・カップが一八七七年に著した『技術哲学の基礎』に拠るものであるかどうかはわからない。要約すれば似たような考えがそこに述べられているということが事実であったとしても、ここではあくまでも詩的な比喩としての言い換えがなされているのだから。カップの「器官投影」の理論に対する、二十世紀以降がかかえる問題意識に発するさまざまな批判は、言うまでもなくこの言い換えによって、考慮の埒外に置かれるだろう。

「恋人の手をはじめて握る幸福をこよなく讃えた、ある文学者の述懐」に関しても、ほぼ同じことが言えるだろう。少し思わせぶりな表現になっているためか、さまざまな詮索を誘っているようなので、あえて若干の注釈を加えておきたい。スタンダールの小説『赤と黒』の前半部の山場のひとつに、主人公ジュリアン・ソレルが、自分を家庭教師に雇い入れてくれたレナール氏の美しい夫人の手を、レナール家の別荘のテラスのテーブルの下で握る場面がある。ナポレオン気取りのジュリアンは、これを成し遂げたことに、ひそかな達成感をおぼえて興奮するが、一方のレナール夫人は、ひたすら純真に、「愛の歓びに夢中になる」。しかしこれは、あくまでも握られた方の歓びである。

「恋愛が与えうる最大の幸福は、愛する女の手をはじめて握ることである」と、スタンダールが明確に述べているのは、『恋愛論』第三十二章「親しさについて」の冒頭である。清岡がわざと出典を明かさなかったのは、「幸福」の内実が誘惑者の歓びへと横滑りしかねない、あまりにも直接的な表現を避けたかったからに違いない。もしかしたら著者自身を含む日本の文学者たちの、似たような述懐を排除しないための用心であったのかもしれない。

数年後、清岡は思いがけなくも小説に手を染めることになるが、その第一作である「朝の悲しみ」には、以下のような一節がある。妻を亡くした中年の男が、「終戦から二年半ほど経った頃」に、「かつての日本の植民地の都会」で奇蹟のようにして出会った美しい娘と、夜道を連れ立って歩いたときのことを回想する場面である。「そのとき、どんな話をしたか、彼はもう憶えていない。しかし、指と指をたがいちがいに絡み合わせた二人の手の温かさを、彼は今もほのぼのと思いだすことができる」。

カップやスタンダールという固有名を超えたところに、著者の求める真実があることに注目しよう。「氷った焔」の表題が意味するところをめぐって、すでに述べたことと同じことがここでも言える。表現に意味のふくらみを持たせたいと願う著者の思いを尊重して、野暮な詮索はしないほうが、読者にとってもより有益だろう。

『手の変幻』は、以下この序論を受けて、芸術作品（そこには仏像やスポーツも含まれる）に現われたさまざまに変幻する手の種々相を精緻に分析しながら、同時に詩的な直感と豊かな感性を動員することによって、芳醇な批評の世界を展開してみせる。一方では個別的で微細な生の表情に集中した視線を降り注ぎながら、他方ではそうした現象の背後にある生の全体性を見定めようとする透視術を駆使することによって、このエッセー集は詩と散文のジャンルを超えた、あらたな地平を開拓することに成功したと言っていい。

この時期の清岡は、新しい職場となった法政大学で、初級中級のフランス語を教える一方、上級クラスでは、カミュ、ポンジュ、デュラスなどのテクストを用いて、自らも楽しみながら学生たちと文学を語り合った。同僚には古賀照一（宗左近）や粟津則雄などがいたうえ、非常勤講師として出講してくる渋沢孝輔を初めとする多士済々な文学者との自然な交流もあったはずである。そうした充実した生活のなかで生み出されたのが、十代の少年時代から、初めは小林秀雄の翻訳によって、そしてやがてはフランス語の原文によって、二十年以上にわたって親しんできたランボーの翻訳である。

清岡訳『ランボー詩集』は、一九六八年三月、河出書房から、〈ポケット版 世界の詩人〉全十二巻の一冊として刊行された。散文による作品集『地獄の季節』と『イリュミナシオン』はいずれも全篇を、そして韻文詩は初期作品の六篇を収録している。のちに清岡はこの増補改訂版を、河出書房新社から単行本として出版する。韻文詩五篇を追加した『新編ランボー詩集』（一九九二）である。長年にわたって咀嚼されてきたランボーが、気負いのないやさしい語り口の日本語となって、心をこめて差し出されていると思わせる訳詩集である。

この翻訳を刊行してからまもなく、清岡は病に倒れた妻・真知の看病をしながら、長篇詩「最後のフーガ」を書く。三一一行にものぼる異例の長さである。癌に冒されてアフリカから祖国に帰還したランボーは、マルセーユの病院で右足切断の手術を受け、故郷北フランスのロッシュに一時滞在したものの、ふたたび南方への夢にはげしく駆られて、妹イザベルに付き添われてマルセーユへと向かう。その苦難にみちた悲劇的な最後の旅に取材した作品である。

この作品は後日、第四詩集『ひとつの愛』（一九七〇）に収録される。亡き妻をモデルにした作品を中心に、彼女の背景や周辺の光景を描いたものを含めて、新旧の詩篇をあわせて収録した詩集である。作者は「あとがき」において、「最後のフーガ」の収録は「なにか場ちがいの印象をあたえるかもしれない」としながらも、「しかし、それは、ぼくが病気の妻を看護しながら密かに書きつづけたもので、その裏面には、そのときの悲痛ななにかが閉じ込められており、割愛することはできなかった」、と述べている。

表面上はあくまでもランボーの詩と生涯への「批評的な愛着」に終始するこの作品に、息づまるような緊張と祈りにも似た切実な訴えが同時に感じられるのは、おそらくそのせいであろう。

眼ざめたとき
夢を嘲笑せよ。
それは時として　額をつらぬく痛み。
背中をふいに飛び立つ　見えない鳥。

夢と現実の生に挟撃されて滅びていった詩人に対する愛惜は、そのまま当時の清岡がかかえていた心の葛藤の反映でもあろう。作者はここで、過酷な現実に耐え、精神の戦いに傷つき、あげくのはてに肉体を切り刻まれながらも、生命の最後の火を懸命に燃焼しつくそうとする、かつて詩人であった三十七歳の男の切ないまでの戦いの意思に、心からの声援を送る。そしてそれは、おそらくそのまま、かけがえのない伴侶であると同時に、彼自身の分身でもあったところの、妻の最後の生への意思に向けられた、祈りにも似た激励の言葉であったに違いないのである。

清岡は、かつて敗戦とともに自らを襲った「艱難辛苦」の生活いらい、それとはまったく別種の大きな苦難に直面していた。ようやく仕事が軌道に乗り始めたところに、津波のように訪れた家庭の悲劇であった。妻・真知が亡くなったのは、一九六八年七月、享年四十一であった。

こうして四十代半ばで思いもかけなかった家庭の悲劇に見舞われた清岡は、茫然となる。そして「その不幸に耐えるため」、「悲しみの詩を、内部と外部の現実が交錯する具体的な散文のなかで、きびしく客観化せずにはいられなかった」(「自作再見『アカシヤの大連』」、随筆集『郊外の小さな駅』所収、一九九六)。

翌年四月から、法政大学で一年間の内地留学が認められ、そこで得られた時間のゆとりと、右のような内的な動機が相俟って、小説の第一作「朝の悲しみ」と第二作「アカシヤの大連」が生み出された。それらは「群像」の五月号と十二月号に掲載され、翌年一月、後者が第六十二回芥川賞受賞作となったことは、周知の事実である。

清岡があらたに小説家として大きく活動の場を広げるきっかけとなったこの二作の発表と芥川賞の受賞が、当時の文壇やジャーナリズムに及ぼした波紋を、たまたまフランスに留学中であった私は、リアルタイムでは知ることがなかった。幸いなことにその手がかりとなる一件書類が、

『清岡卓行論集成　II』の〈書評　その他〉に、まとめて収録されている。

なかでもとりわけ興味深いのは、芥川賞の選評や初出誌「群像」の鼎談による創作月評、そして文芸時評の類いであろう。そこに示された反応はいずれも率直機敏であり、時代の文学状況を素直に反映したものも少なくない。あらたに小説の世界に参入した清岡の手法に対して、これをアマチュアの技と称して、既存の「小説」概念に照らして疑問符を付したいくつかの評言や、その新しさにとまどいを覚えながらも従前の小説にはない魅力を覚えると率直に語る柔軟な批評精神の存在は、文学にとどまらず芸術全般における作品価値の基準値の制定とその修正にかかわる興味深い事例として、記憶にとどめられるに値するだろう。

こうした一件書類をいま改めて読み返してみると、当時の清岡を鼓舞したと思われる文芸時評が、中村光夫（朝日）、安岡章太郎（毎日）、佐伯彰一（読売）三者によるものであったであろうことは、容易に推測できる。いずれも新しく小説の書き手に加わったこの「新人」の作品を、真正面から取り上げて、ときに厳しい批評を交えながらも、作者の今後の活躍を期待する旨の言葉を書き連ねていたからである。

受賞作が発表された「文藝春秋」一九七〇年三月号に掲載の十一人の委員による選評は、当時の文壇やジャーナリズムの反応を知るうえで、いずれも興味深い資料である。清岡を多少とも積極的に推したのは、石川淳、井上靖、大岡昇平、三島由紀夫、中村光夫の各選考委員であったが、私にとってなかでもとりわけ印象深いのは、三島の選評である。周知の通り、三島はこの選評を書いてからまもなく、世界の耳目を驚かす仕方で自裁した。先ほど述べたように当時私は滞仏中だったので、ヨーロッパのメディアが報じるそのセンセーショナルな死に数多く接しながら、その八ヶ月ほど前に書かれていたこの選評には、まったく思いが及ばなかった。今日読み返してもまことにすがすがしく、素直で真摯な推奨の言葉と思われるのは、すでに文壇から無縁のひととなり終えていた作家の、末期の眼が感じられるからだろうか。三島の最後の行動と文学観との間に横たわる、ある種のいたましい分裂を感じさせる一文でもあるが、以下にその前半を引用する。

《「アカシヤの大連」は愛すべき作品であり、詩と思索と旅情と風景の織りまぜられたジャン・パウル風の散文である。そこには、青春と死、人間よりも地名や土地を愛する心情、戦争、そして最後の美しい少女の出現、などが、わざとアット・ランダムに並べられた、澄んだ美しい作品になっている。私には同世代としてよくわかるところがある。大連は心象風景であるから、外地であると同時に内地であり、「にせアカシヤ」の「にせ」に関する考察などに、この作家の心情が窺われる。当選作としてふしぎはない。》

このあと三島は、当初は別の候補作二篇を推していたと打ち明け、両作品の長所を簡潔に述べてから、しかしそれらがいずれも結末において難点をかかえていることを指摘して、「短篇小説のむつかしさを今更ながら思わせる」とつけ加えたうえで、「アカシヤの大連」の「さりげない結末はその点で、詩人の才能を役立てているのである」と結論づけている。

三島がジャン・パウルの名を持ち出したのは、彼の個人的な嗜好にもよるが、文学の価値を測定する基準値としての「文体」にかかわる持論でもあろう。例えば『文章読本』のなかで梶井基次郎の短篇「蒼穹」の一節を採り上げた彼は、次のようにジャン・パウルを引き合いに出して讃辞を述べている。

《この「蒼穹」といふ短篇はドイツ・ロマンティックの作家ジャン・パウルのやうな趣きをもつた短篇で、私といふ人物が広い自然の景色の中で、雲のつきない生成のありさまを見てゐるうちに、その雲の溶け込んでいく青空が、深淵のやうに思はれてきて、青空そのものが闇のやうに見えてくる不思議な感覚的体験を描写しただけの短篇でありますが、そこにはただの自然描写を超えて、精神の深淵をのぞかせるものがあらはれてゐます。これは作品そのものといふよりは、梶井氏の文体の効果であつて、氏は日本文学に、感覚的なものと知的なものとを綜合する稀れな詩人的文体を創始したのであります。》

三島は、「アカシヤの大連」に「小説としての厚み」や、「虚構作品としての不徹底」を指摘した一部の先輩作家たちの感想とは、まったく別次元の価値基準から、この作品を推しているわけである。叙述の仕方や構成に関しても、「わざとアット・ランダムに」と注記したのは、清岡がこの作品に用いた映画的手法（カッティングやモンタージュの技法）に、わざわざ言及する必要を感じさせないほどに、簡にして要を得た評価であろう。

さらに三島が「私には同世代としてよくわかるところがある」と述べている点にも注目しておきたい。清岡は一九二二年六月生まれ、三島（本名平岡公威）は一九二五年一月生まれ、両者には三つの歳の差がある。けれどもすでに見たように、清岡はいったん旅順高校に入学するも三ヶ月で退学、一年後に一高に入り直している。そのうえ休学を重ねたりしているので、東大仏文科に入学したのは、一九四四年九月、三島が学習院高等科を首席で繰り上げ卒業して、東大法学部に入学したのとほぼ同時だった。両者は兵役についても奇妙な類似点がある。清岡が一九四三年の暮れに、徴兵検査で丙種合格となり、即日帰郷を命じられたことを改めて想起しておきたい。一方、三島は一九四五年二月、いわゆる赤紙の入隊検査に際し、軍医による肺浸潤との誤診により、即日帰郷を命じられ、兵庫県の富合村からただちに東京へと引き返している。三島のこのような体験とその四半世紀後の自決との間に、謎解きによる暗合を見ようとする試みも後を絶たない。

しかしここでは、清岡の戦中体験、おそらくとりわけ兵役に関する「後ろめたさ」の感情と、大連での敗戦と引き揚げの体験、これらに簡明な共感を示した三島の文学的な感性を、ただ素直に信じておきたい。

このほか、芥川賞の受賞が決まってからの言説で特に眼についたのは、江藤淳の文芸時評である。一九七〇年年二月二十五日付の毎日新聞である。江藤はまず「アカシヤの大連」の書き出しの部分を引用することから始める。

《かつての日本の植民地の中でおそらく最も美しい都会であったにちがいない大連を、もう一度見たいかと尋ねられたら、彼は長い間ためらったあとで、首を静かに横に振るだろう。見たくないのではない。見ることが不安なのである》。

これを「きわめて含蓄の深いもの」とする江藤は、その理由をこの数行に作品の「性格」、「つまりその時事性と文学性が集約されている」からであるとする。江藤の言う時事性とは、右の書き出しが、当時の日本政府が「対中政策を模索中であるという議会での佐藤首相の答弁に響き合う旋律を秘めている」と考えるからである。そのうえで江藤は、清岡の受賞作の「小説性はきわめて稀薄である」と述べ、「タイムリーな時事性を裏づけるだけの厚みがあるだろうか」という点については、懐疑的にならざるを得ないとして、一部の選考委員（滝井孝作、永井龍男、川端康成、船橋聖一）の批判に同意してみせる。「事物は何も描いていない」（滝井）、「視覚の鮮明が過少ではないだろうか」（川端）といった批評は、「他の多くの現代小説に通じる特質」であるとしたうえで、江藤は一転して、「アカシヤの大連」の「文学性」について以下のように述べている。

《このように考えれば、「見たくないのではない。見ることが不安なのである」という作者の基本的な姿勢が、この作品の世界を決定していることは疑う余地がない。そこに時事性が無限定に侵入して来るのも「もの」が描かれていないからであり、くりひろげられているのが甘美な気分の連続だからである。（略）ここに「もの」は不在であるが、不在である「もの」と作者および読者との関係ははっきりしている。日本の植民地だった自由港大連はすでに地図の上にすらなく、そこには旅大という新しい町しかない。このことが明瞭だからこそ作者の不在への歌は澄んでいる。そういえば「アカシヤの大連」とは小説というよりは不在への歌である》。

ここで江藤がふれている地図のうえからも消えてしまった大連については、清岡が数年後「群像」に書いた短篇「ある濁音」（のち『邯鄲の庭』に収録）にくわしい。戦後十年あまり経ったころからしばらくの間、大連は旅順、金州などとともに、旅大という新しい集合都市を形成する一地区になっていたのである。清岡が『広辞苑』の項目「大連」の日本語読みが「たいれん」となっていることに異をとなえ、ついに「だいれん」と改めさせた後日談は知られていよう。昭和十年代の日本映画を見ていると、当時内地の日本人がほぼ例外なく「たいれん」と発音していたことが判明する。しかし実際に大連で暮らしていた日本人は、清岡の記憶によれば「九十五パーセントぐらい」が「だいれん」と発音していたのである。ひとつの濁音が引き揚げ者たちの切ない思いを代弁した形であるが、清岡にとっては地図からさえも消えてしまったこの町を、せめて人々の心のなかに存続させるためには、決して譲れない生命線でもあったのだろう。

ところで江藤の右の評言は、あきらかに二極に分裂している。いや、むしろその分裂によってこそ、「アカシヤの大連」の本質を衝いたものであると言ってよい。江藤のいう「時事性」は、その後の日中国交正常化と、歴史問題や尖閣諸島をめぐる日中の関係悪化、予想を上回った中国の経済発展、そしてそれが日本を含むアジアおよび世界に及ぼした影響などへと、大きく広がっていく契機をはらんでいた。事実、「アカシヤの大連」の受容もまた、この日中関係の変容にしたがって、影に陽に微妙な影響を被っているし、それはまたこの作品の避けられない宿命であるとも言えよう。

清岡はこうした「時事性」の変容の流れのなかで、一九七六年と一九八二年の二度にわたって訪中を果たしているし、この二度目の旅行に際しては、三十四年ぶりに大連への帰郷を果たしている。このあたりの問題については、後述の機会があるだろう。

江藤の指摘するもう一極の「文学性」は、文学における詩と小説の関係について、多くのことを示唆的に語っている。ことに江藤自身の、妻を喪って自裁する前の最晩年の自伝的著作『幼年時代』（一九九九）や『妻と私』（一九九九）を思い起こせば、彼の考える「不在への歌」が、もはや批評の域を超えて、彼自身の肉声から発するものであったことが、身にしみて感じられるのである。「時事性」と「文学性」の間に生じる亀裂、もしくは小説の厚みと詩情との間の相互的な「欠如の関係」、こうしたものの開示こそが江藤の評言の要諦だろう。内部に痛みをともなう亀裂をかかえた江藤であるがゆえに、「アカシヤの大連」の本質を見抜き得たに違いないことに、ここで改めて注目しておきたい。

『清岡卓行論集成　II』の「あとがき」にも記したことであるが、これらの言説を例えば清岡の小説世界がほぼ確立された時期に出版された『大連小説全集』上下二巻（一九九二）の月報に寄せられた諸家のテクスト群と併せ読むならば、私たちは、新しい内容と形式をそなえた作品の出現が文壇に引き起こした波紋が、やがてその後の作家の精進と世評の定まりとによって、ひとつの妥当な収束を見たことを知るのである。いつの時代にあっても、既存の価値の体系に変容を迫るエネルギーは、旧習にとらわれずつねに新しい表現を模索する作家の創造力と、虚心に現在を生きる読者の意識のうちにこそ潜んでいるのであり、この二つの力のベクトルが既成の文学の秩序を覆したり、大きく改変したりすることも、充分にありうるものであると、私たちに改めて確認させてくれるのである。

こうして清岡は、これ以降、ビュトールのいわゆる「詩と小説と評論」という三つのジャンルが構成する三角形のなかを、自在に往き来する創作活動に入る。もっともこの言い方はあくまでも外見的なものであって、序章においてふれたように、創作現場の内側から見れば、この三つを「螺旋状に進行させる」ということになったはずであって、必ずしも平坦な道ではない。円形広場の中心軸に詩を確保する強い意思がなければ、不可能な選択であったに違いないのである。

ちょうどそのころに刊行されたのが、「最後のフーガ」を末尾に収める第四詩集『ひとつの愛』（一九七〇）である。ただし第四詩集という数え方は、『四季のスケッチ』以後、一九六八年に思潮社の現代詩文庫の一冊として刊行された選詩集『清岡卓行詩集』と、翌年同じく思潮社から刊行された全詩集版『清岡卓行詩集』の二つを、除外したうえでの話である。特に後者は文語体の初期習作十四篇と未刊詩篇十七篇を含んでおり、新詩集としての性格をも併せ持っていたと言わなければならないだろう。しかし『ひとつの愛』をあえてここで第四詩集と呼ぶゆえんは、それが全詩集に収録された初期習作と未刊詩篇の大部分を収録しているばかりではなく、共通の主題とモチーフに基づいて緊密に構成された詩集であるからである。

詩集は算用数字によって三部に分たれる。第一部は、文語体による初期の習作から十篇を、第二部は、既刊の三冊の詩集からそれらの合計のほぼ四分の一に当たる二十五篇を、そして最後に第三部は、過去三年半ほどの間の作品からほぼその二分の一に当たる十七篇を、それぞれ選んで収める。これらの作品を相互に結びつける糸は何かと言えば、「あとがき」において作者が述べているように、亡き妻をモデルにしていること、あるいは「そのようなモデルの背景や周辺の光景を描いているということ」である。

ここでは、のちに〈「アカシヤの大連」五部作〉と呼ばれる一群の小説を通じて、いわば通奏低音のようにして鳴り響く、「幻の家」一篇のみを、引いておこう。

夢の中でだけ　ときたま思いだす
二十年も前に建てた小さく明るい家。
戦争のあとの焼野原の雑草の片隅に
建ててそのまま忘れた　ささやかな幸福。

いや　そんなものは現実にはなかった。
途方もなく愚かな若者が　そのころ
妊娠している幼い妻と二人で住むために
どんなに独立の巣に焦がれていたとしても。

そんな架空の住居が　どうして今さら
自宅に眠るぼくの胸をときめかせるのだろう
貧しい青春への郷愁を掻き立てるように？

夢の中でその家は　いつまでも畳が青く
垣根には燕　庭には連翹の花
ああ　誰からも気づかれずに立っている。

清楚な形式と内容の誠実が緊密に結びついていて、いわば修辞性の原点を示しており、さかしらな批評言語を拒むかのようである。作者自身もまた、この作品を五部作の第三作「フルートとオーボエ」のなかで引用したのち、次のようなモノローグを書き記すことが出来ただけである。《おまえのこの「幻の家」は、意識していなかったことだろうが、おまえがそっと抱いていた無職業で生きて行けるならという勝手な希望のキャンヴァスに、画鋲でとめたままになっている幸福の家なのだ。そんなものは、もちろん、現実にはありえなかったから、いつまでもそのイメージばかりは古びないというわけなのだ》。
こうしてエウリュディケーの死に耐えながら、喪失者の「虚点」からの逆襲は、なおも続けられることになる。思えば清岡の「不在への歌」は、敗戦とともにふるさとを失った時点からすでに用意されていたのであった。

第五章　新生

一九七〇年代の清岡の文学活動は、ひとことで言ってしまえば、「喪失」と「不在」からの逆襲ということになるだろう。言うまでもなくこれを支えた生活面での大きな転機は、一九七〇年三月における岩阪恵子との結婚であった。創作活動の力点を俗に言うところの「亡妻もの」に置きながらのこの再婚と新生活の開始は、一部の文壇ジャーナリズムの好奇の視線を浴びたのではないかと推測するが、当の本人はこれに頓着しなかった。三十年近くのちに、清岡は「私の履歴書」の末尾近くで、そのあたりの経緯を次のようにややくわしく振り返っている。少し長くなるがそのまま引用する。

《私はそのころ（一九六九年夏＝引用者注）再婚して家庭を再建しようとしていた。国内留学が終わったあと、大学の勤務と家事を両立させる厳しさが長くつづくことに、自分は耐えられるだろうかという不安もあったが、そんなことを心配するよりも先に、家庭における新しく持続的な愛情の関係が欲しかったのである。

ところで、自分は四十代半ば過ぎであるのに、私は相手について勝手なことを夢みていた。まだ二十代で、才色兼備といった女性がいい、もし彼女が将来に抱く志望に、私がよく尽力することができるなら、彼女は私を好ましく思うようになるかもしれない。――そんな甘い考えをいつのまにか自然に抱いていたのである。

私が頭の中に浮かべていたこの幻想に、もしかしたら応じてくれるかもしれない女性がただ一人だけいた。

岩阪恵子。関西学院大学の史学科を出たばかりで、まだ二十三歳の大阪旭区にある洋服店の温和な娘であった。一九六八年に詩集『ジョヴァンニ』を出し、「現代詩手帖」のアンケートにおいて、厳しい批評眼をもつ黒田三郎などから推されていた新人である。私に二、三度詩稿の添削を求める大きな封筒を送ってきたことがあり、私はその資質に感嘆し、この人は小説も書けそうだと予感した。

一九六九年春、彼女は大学卒業のとき東京に出てきた。私が日本武道館で行われる、ボスコフスキー指揮ウィーン・フィルの〈ウィンナ・ワルツの夕べ〉に誘うと、音楽好きらしくたいへん喜んだ。

こんなふうになると、再婚するなら、相手は彼女のほかにいない、と私が思うようになるのも当然だろう。一九七〇年一月末に、ということは芥川賞に決まって十日あまり経ったとき、那珂太郎・治子夫妻に媒酌をお願いして、二人は結婚した。》

実生活と想世界の双方から光を当てた過不足のない説明と言うべきだろう。ちなみに、以後三十六年間にわたって清岡の作家活動を支え続けることになる夫人が、やがて『淀川にちかい町から』や『木山さん、捷平さん』などで知られる作家・岩阪恵子となることは周知の事実である。

逆境から立ち直り、すばやく反転攻勢へと転じる清岡の動きは、堅実かつ機敏であった。やはり敗戦後の「艱難辛苦」の経験から学んだことが、大きく力になったのであろうか。一九七二年八月には、十七年間住み慣れた大田区池上を離れ、東村山市多摩湖町に家を新築して転居する。この家が清岡の終の住処となるのだが、彼がこの場所を選んだのは、揺籃の地である大連の実家近くにあった人工貯水池弥生ヶ池（現在は大連植物園内の映松池となって、市民の憩いの場として親しまれている）に、おなじく人工湖である多摩湖が似通っていると感じて気に入ったからという。転居一年目のころからほぼ十年にわたって「多摩湖」と題する連作のソネット六篇（遺稿詩集『ひさしぶりのバッハ』所収）を書き継いだのも、この土地への二重の愛着の現われだろう。また新居の庭で薔薇づくりにはげむようになり、その経験がのちに詩作や『薔薇ぐるい』などの小説の創作につながった。

このような新生活を記念する「固い芽」と題するソネットが、おそらく一九七一年の暮れに書かれた。先に引用した「私の履歴書」によれば、この作品はひそかに妻の恵子に贈られている。初出は「現代詩手帖」の翌年一月号である。

長い冬が終るまえに　春が
夢の匂いのようにはじまっている
落葉樹の森の　まばらな透明。
その向こうでは　海が　やがて落日。

寒さにあらがい　暖かさに羞じらい
金の枝枝に散らばるものは
愛の誓いをせがむような
とがった乳首。跳ねない小魚。

芽の固さのなかには　なにがある？
緑の氾濫と悔恨と　その涯の
不気味な沈黙の都市のほかに？

夕焼けが奏でる　どこか未知の空への
ひそかな郷愁の恍惚のなかで
誓いの言葉は　未来を語るだろうか？

のちに第五詩集『固い芽』(一九七五)に、表題作として収録される作品であるが、この詩の主題とモチーフについて、多くを語る必要はないだろう。三つの疑問符には、懐疑というよりは希望と願いがより多く込められていることは明らかであり、読者にしてみれば、ただ冬の樹木に秘められた生気に、息をつめて愛の可能性を占う作者の姿勢に着目すれば、すべては明晰になる。

つけ加えて言えば、ちょうど同じころに書かれた「コローの新しさ」と題する短文(随筆集『サンザシの実』所収)のなかで、作者は杉本秀太郎の随筆「コローの風景画」にふれて、「スタンダールは人間の愛の自然さをたたえたが、彼が描いた個体としてのカシやマロニエの自然さは、その暗喩でもあったのだろう。コローの場合、植物の生気は、風景画と同じく彼の得意であった女性画像における、肉体のかぐわしい生気に呼応していたとも言える」、と述べている。第一詩集『氷った焔』いらい清岡の恋愛詩の中心をつらぬいてきたセクシャルな匂いは、植物のモチーフと複合してさらに新しい魅力を発散したということだろう。

このことを裏付けているのは、詩集『固い芽』に収録された「ある愛のかたち」と題する長篇詩であろう。全十七連の冒頭は以下の通り。

まず　あのひとの
眠るまるい頭蓋骨の

小窓をあけた　秘密の受信室へ
深海魚のつぶやく
呪文めいた
きみの暗号を。

この作品は、「固い芽」において予感的に語られていた愛が十全に開花するさまを、「それほど白熱し　膨張した／現在についての意識」(第十四連)をもって描き出した、いささかエゾテリックな匂いのする作品である。エゾテリック(秘儀的)と言ったのは、含羞から来る韜晦というのではなく、この愛がもつ性質それじたいに起因する神秘の意である。

冒頭いきなり説明もなく指示される「あのひと」は、この愛の対象である若い女性であり、「きみ」は発話者本人を自己対象化するための代名詞である。「深海魚」という比喩は、第七連の「沈鬱な日記を　一本の樹のように／ぎごちなく育てた男」にその呼応が見られるだろう。重い過去を背負い悲しみの壺を抱く男の誓いのことばは、「秘密の受信室」へ送られる「暗号」であるほかはない。

第二連から第五連までは、とまどいがちな愛の交信が、「鏡どうしの魔術」として精緻に描き出される。作者は一九七四年に書かれたある短文のなかで、「鏡のたわむれの中で、ひとは無限に表面にいる」という宮川淳のことばを引用したのち、「鏡の中に入ることを人間に誘うとどもに拒む、〈表面〉の矛盾。それは私が日常生活で、自分の側の一種の悲しみとして感じていたものだ。／庭の光景より、鏡に映ったその光景に、深い情感を憶えることはないだろうか？　好ましい音楽をはじきかえしている鏡の光景に、そのことによって美しくなっている映像反射の醒めた魅力を覚えることはないだろうか？」と記している（「宮川淳の「表面」の美学」、随筆集『窓の緑』所収）。

第六連と第七連は、「鏡」を突き破って現われ出る女の魅力を、率直に打ち明け賞讃する。「新しい他人」「不意の女」ということばには、男のとまどいの気持がなおも反映しているだろう。

男よ　あわてるな。
新しい他人に　すずろぶな。
魂だらけ
とまでは行かなくても
女は　しごく
生気潑剌としている。

なぜなら
沈鬱な日記を　一本の樹のように

ぎごちなく育てた男を
不意の女は
とても深く　魅惑したのだから。

以下、続く第八連と第九連は、ほぼ完璧な対句をなす。それぞれが「燃える氷柱《つらら》」と「溶けぬ果実」のイメージを軸にして、「遙かな未来における　死の匂い」と「遙かな過去における　誕生の味」を喚起する。読者は、前者にはあの「氷った焔」のなつかしいこだまを、後者には「固い芽」の「とがった乳首。跳ねない小魚」の変奏を、聞き取ることが出来るだろう。

第十連は、二人の出会いが、「おそろしく抽象的で、単純な」ものであったことを了解し、「まったく偶然のような物語」としか表現しようのないものであることを、今さらのように打ち明ける。

第十一連と第十二連は、愛する女の肉体の一部にメタフィジックを読みとろうとするこの詩人に特有の詩法があざやかに見られる対句である。乳房に未来を、そして臍に過去を見る詩人の意識のありようは、すでに『四季のスケッチ』いらいおなじみのものである。

さらに第十三連と第十四連は、愛のいとなみにおいてはただ現在の「白熱し」た一点にのみ集中するとき、そこにこそ時空の限定を超えた広い自由の世界が豊かに切り拓かれるのだということを、改めて説いて聞かせる。そこでは「物語における／操りの巧緻な糸も／誓いの誠実な言葉も／すでに　過剰」なのだ。
第十五連と第十六連は、「女の／今の　今の　今の　神秘」に惑溺することによって、「束の間の　飛翔」を得た男の愛の昂揚が高らかにうたわれる。「世界への　ささやかな／暴力の可能性を秘めて／ただちに　敗れ去るであろう／束の間の　飛翔への情緒」というフレーズには、「氷った焔」第一連の「世界への逆襲にかんする／最も遠い／微風とのたたかい」が、遠くこだましているだろう。

きみは　最後に
あのひとの足のうらの
自由の地図らしいものへ
優しく　慌しく
別れの微風のくちづけ。

最終連は、愛する女の「足のうら」を喚起することによって、肉体の褒め歌としてのこの作品に最後の仕上げをする。「ある愛のかたち」は、詩集『固い芽』を一巻の愛の詩集として読み解くとき、その頂点に位置する作品であろう。そこに展開されるエロティシズムの世界は、隠喩や換喩の修辞を隠れ蓑にすることによって、散文による虚構の作品よりも、はるかに大胆かつ奔放である。

ちょうどこのころ、清岡は初めてのフィクションによる長篇小説を、書き下ろしで刊行する。ここではこのフィクションという用語を、作者と読者の暗黙の協約にかかわるごく普通の意味で用いる。つまり事実ではないものとして作者によって発せられ、読者によってもそのように受け止められる発話といったほどの意味である。『花の躁鬱』（一九七三）は、著者自身の「あとがき」によれば、まもなく二十八歳になろうというひとりの男性が、「思いがけなく経験する愛欲の二重性」、つまり「妻の傍で別の女性を悩ましく想像し、その女性と話しているときには妻をこそ深く懐かしむといったふうな二重性」を描き出すことによって、「大衆」についての著者なりの「夢」を批評しようと企図したものという。一読してやや飛躍があるように感じる言明であるが、この点については後述する。

物語は端的に言ってしまえば、妻子のある吉池剛介という男が、染井かおるという若い女に恋をして結局はふられて終る物語である。ここには「ある愛のかたち」で詩的に昂揚するエロティシズムは、散文のもつ論理性によってきびしく抑制して描かれる。吉池は行動家としてはほとんど消極的で、アヴァンチュールと言えるほどのことは何も起こらず、出来事はほとんどが彼の意識のなかで生起する想念の次元にとどまる。

たとえば冒頭で主人公は、デパートのエスカレーターで見かけた若い女の「ひかがみ」にふいに抗しがたい魅力を覚える。こうしたディテールの積み重ねこそがこの小説の生命であって、これらひとつひとつの小さな、しかし危うい魅力によって、フェティシズムの泥沼に引きずり込まれる前に、主人公は自制的に日常生活と社会秩序へと引き返すのである。彼は家庭を暴力的に破壊するアナーキズムには与せず、あくまでも善良な市民にとどまるだろう。

「花の躁鬱」というタイトルには、官能（あるいは「詩」と言い換えてもよいかもしれないが）とそれに対する批評の苦さが込められているだろう。ちなみに主人公と彼が思いを寄せる若い女、この二人の登場人物の命名には、著者のひそかな遊び心が見て取れる。吉池剛介と染井かおる、つまりもっとも普及した（大衆的な）桜の園芸品種「染井吉野」である。清岡が自宅近くの狭山自然公園の桜を愛でたことは、多少ともこの命名にかかわりを持つのではなかろうか。七年後の一九八〇年には、『桜の落葉』と題する滋味豊かな随筆集も出している。

花すなわち桜がエロスの象徴であるとするならば、「躁鬱」はその愛の昂揚と失墜の二つの心的な現われを端的に示すだろう。一方が高まれば高まるほど、他方はその奈落へと向かう速度をつよくする。夢とその破砕は、アイロニーにみちた関係にある。花の盛りの狂躁と、はかなく散ることへの予感とそのあとの憂い、言うまでもなく両者は互いに深い欠如の関係にある。

先ほど述べたように、この小説の「あとがき」において、清岡はいささか唐突に作品のモチーフを、「大衆」ということばを用いて説明している。早くから両親を喪い、伯父に育てられて苦学力行して大学に通い、映画同好会で知り合った娘と学生結婚し、卒業して小さな映画会社に入社して四年目というのが、主人公吉池剛介の略歴である。この虚構の設定には清岡自身の体験がいくつか素材として使われているだろう。引き揚げ後の就業と学業の難しい両立、映画制作会社への短期間の就職など。つまり吉池は著者の考えるもっとも身近な「大衆」の一員である。その「大衆」に対して、彼は「ある恐怖とある不信をいだいている」（「あとがき」）という。吉池の心の動揺と生活保全を重んじるバランス感覚は、著者自身がいだく「大衆」の原像の具体的な特性であろう。

この「あとがき」の言及は、翌年刊行される『萩原朔太郎「猫町」私論』（一九七四）に、おそらく間接的につながるモチーフを語ったものと理解することも出来よう。清岡は『花の躁鬱』の挟み込みのために佐伯彰一と行なった対談のなかで、ボードレール、萩原朔太郎、吉本隆明の三人の名前を出して、彼らの「大衆」とのかかわりについて、彼の日頃から思うところの概略を述べている。たとえばある時期の朔太郎について、「現実には片足しかつっ込んでいないような形」ではあるが、「東京の大衆に（略）近代への憧れ」のようなものを「半分ほど重ね合せ」るとともに、「またそのことで半分ほど幻滅するといった」ふうな「対応のしかたをして」いると述べたうえで、おおむね次のように語っている。

ボードレールをはじめとするこの三人の場合、それぞれ内容は異なるものの、いずれも「現実における大衆と密接な関係をもっている」。しかし私（＝清岡）にはそれがない。そのようなことは煩わしく、ただ「未来に夢があるだけ」である。それは結局、私が「弱虫で内閉的な戦中派」であるということかもしれない。それが少し「寂しくなった」り、「つまらなくなった」りした、という思いがある。そこで「未来が現在に暗示するような個人」を、「平凡」で、「弱所や欠点をもった」者としてでもよいので、「イメージとしてもてば面白い」のではないかと思った、云々。

清岡の思い描く「大衆」の原像には、植民地都市・大連の社会構造が大きく影を落としているのではないだろうか。満鉄を含む商工業界のエリートたちをピラミッドの頂点とするならば、それに比べればはるかに多数を占める一般の日本人入植者たちが中間層をなし、その下に圧倒的な数の貧しい現地の中国人たちがいる。大連港で働く苦力たちの存在は、卓行少年の目にも珍しいものではなかったはずであるが、彼らが個としての顔を識別されることはなく、あくまでもマスとしての存在でしかなかっただろう。清岡の大衆像が、たとえば吉本隆明のように身近な体験からごく自然に析出されてくるものではないだけに、比較的焦点を結びにくいのは、やはりコロンの子としての宿命によるものではないだろうか。アルベール・カミュの「異邦人」感覚は、移民三世としての彼の出自と無関係であったとは思われないのである。

こうした新しい大衆像の創出は、時間軸の方向からも確認されるだろう。清岡がこれまでに書いてきた私小説ふうの作品(「朝の悲しみ」、「アカシヤの大連」、「フルートとオーボエ」、「萌黄の時間」、そして『海の瞳』)は、過去を現在に投影させることによって、物語の時間を作り上げて来た。それに対してこの『花の躁鬱』は、あきらかにそれとは別の方向がめざされており、「未来が現在に暗示するような個人」を描くことへの挑戦であるかぎりは、やはりその未来志向の若やぎにも注目しておく必要があるだろう。

この大衆の問題は、『萩原朔太郎「猫町」私論』（一九七四）において、さらに別の角度から厳しく追求されるだろう。この作品は、数ある清岡の評論のなかでも出色のものと認められる。朔太郎が四十歳代の末に書いた短篇小説「猫町」は、清岡が青年期いらい特別に愛好してきた作品である。それだけに鍾愛する一篇に向かう意識の集中の度合いと、そこを切り口として朔太郎の文学全般とそしてその社会や時代とのかかわりにまで問題意識を押し広げていく力との対比が、いかにもあざやかで印象的である。

「猫町」は、四百字の原稿用紙にしてわずか二十八枚ほどの短篇である。清岡はこれを、あたかも楽譜のようにして、一小節ごとに精緻に分析し、かつ同時にそれらを総合して全体の曲想をつかもうとする。そのうえで、そこに投影された作家の個人的な幻想と現実の生の投影を、当時の社会や歴史の状況に対質させる、というスリルとサスペンスにみちた作業を積み重ねて、「猫町」という作品そのものをさながら指揮者のように入念に再現してみせる。

十代の後半から朔太郎に親しんできた作者である。歳月のひだが読みの重層化となって批評に厚みと奥行きとを添えているわけであるが、作品への愛と客観化が批評行為における求心力と遠心力のはりつめた均衡となって現われる見事な例証でもあろう。加えて清岡自身が四十代後半に入って、思いがけずに小説を書き始めたという個人的体験が、二つの力の緊張をますます強め、問題をより鮮明に浮かび上がらせるのに寄与していると言っていい。

例えば「猫町」のクライマックスをなす忘れがたいエピソードの分析と考察は、文字通り手に汗を握るようで、まことに読みごたえがある。見知らぬ美しい「幻燈の町」に踏み迷った話者がとつぜん青ざめた恐怖の予感に襲われ、「猫の大集団」の出現という奇怪な異変事に遭遇するくだりが、一九三〇年代半ばごろにおける朔太郎の時代意識や「群衆」観にまで、測鉛を下ろしつつ、鋭くしかもしなやかに解読されて行くのである。

扱われた作品に負けず劣らず、この評論じたいが、この意味で推理と謎解きの面白さをそなえた読物となっており、これを一篇の「小説」として読むこともまた充分に可能であろう。独創的な試みはジャンルを超越する。この教訓の確証となる本作に匹敵するものとしては、ボードレールの見たひとつの夢を手がかりにして、『悪の花』と『パリの憂鬱』の詩人における、詩と生活とのぬきさしのならないかかわりを開示して見せた、ビュトールの『世にも怪奇な物語』を措いては、今のところほかには思い浮べることが出来ない。

序章でもふれたように、清岡が編纂した岩波文庫版『猫町　他十七篇』（一九九五）には、編者による簡潔な朔太郎論が付されており、これには『萩原朔太郎「猫町」私論』の、著者自身による要を得た解説が含まれている。

「猫町」のクライマックス、「猫が人間の姿をして、街頭に群集」する光景について、これを「妄想の幻影」と片づけるのでなければ、一体どのような解釈が可能であろうか、この問いこそは清岡の追究の要諦である。これに対する彼自身の答えは、「満州事変以後十五年もつづくことになる戦争期に突入して三、四年経ったころの日本において、しだいに陰惨な全体主義と軍国主義に染め上げられて行こうとしているほとんどすべての大衆、そのなかの一部としてのある地方の町の人びと」、ということになる。この解答を裏づけるものとして、同じ文庫に収録されている短篇「日清戦争異聞（原田重吉の夢）」を併せ読むならば、読者はますますこの解釈に同意せざるを得ないだろう。この作品は、作者が時局を慮って生前単行本に入れなかったせいで、永らく「幻の短篇」とされて来たものである。朔太郎における「大衆」の原像を探るうえで貴重なテクストと言っていいだろう。

さて『花の躁鬱』の二年後に刊行された『詩礼伝家』（一九七五）については、すでに第二章で軽くふれたところであるが、この短篇集は旧師・阿藤伯海への敬慕と追懐の念がしみいるように伝わってくる、美しくも典雅な「組曲」である。

文藝春秋から出た初版は、三つの短篇からなるが、最初の「千年も遅く」では、一高の漢文の先生であった阿藤伯海と、彼を慕う八人の学生たち（もちろん著者もそのひとり）との師弟の交わりを回想ふうに点綴しながら、主人公である阿藤の人となりやその詩の世界が緩急自在な筆致で紹介される。この作品は最初、芥川賞受賞第一作として「文學界」（一九七〇年三月号）に発表されたが、単行本収録に際しては大幅な改作がなされている。

二番目の「詩礼伝家」では、生活が強いるやむを得ない事情から、旧師の葬儀にも列席することの出来なかった著者が、数年後やっと思いがかなって岡山県にある阿藤の退隠の地を訪れる、そのいきさつが物語られる。この旅行には再婚してまもない恵子夫人が同行するが、著者は作品のなかで、「私の勤め先の大学の春休みを利用した東京から岡山県鴨方への墓参の旅行は、もう一方においては彼女とともにする初めての旅行でもあった」、とその経緯を説明している。
最後の「金雀花《えにしだ》の蔭に」では、たまたま著者の手に渡った阿藤の日本語による未発表の詩稿から、漢詩人の詩心のありかが精緻に探られる。「千年も遅く」で全文を引用して味読された「哀薔薇」に加えて、ここでは「南海」と「月光」の二篇が紹介され、それぞれに阿藤の詩の核心にふれた感想が記される。例えば「月光」全文の引用のあとにはこんな言葉が続けられる。
《じつに感覚の初初しい詩ではないだろうか。月の光を祈りの声に重ねたりする柔軟な手法は、高踏派というよりはむしろ象徴派に近いものである。そして、私がこの作品において深く感嘆するのは、詩人の生涯における一つのせつない主題がつつましく、しかし、手を触れると血がにじむほどに生き生きと底流していることである。その主題とは先生の独身の生涯にかかわるものであり、ほとんど観念と区別がつかないほどの、言葉の高い意味におけるエロティスムである。》
作品の結構は、余計な企みを避けた、どちらかと言えば素朴で控えめであるように見える。それだけにそこに浮かび上がる阿藤伯海という孤高の詩人の心の姿は、ほのかながらいっそう忘れがたく魅惑的な輝きを帯びているようだ。効果的にちりばめられた漢詩や日本語による詩作品の引用が、著者のすぐれた演奏を介して高雅な旋律となって読者の胸に鳴り響くのも、そのせいだろう。

日本の近代詩の流れから遠く孤立して、深山幽谷にひっそりと息づくたぐいまれな花々を、鋭い直感と分析力を駆使しつつも、しなやかな感受性をもって深くいとおしみながら、読者の目の前にあざやかに繰り広げて見せる手腕は見事である。

のみならず著者は、それらをさらにルドンの絵のように、妖しく発光させ立体的に浮かび上がらせるために、自らを生活者という生臭く不透明な闇の背景に擬することを進んで引き受ける。阿藤の「過去への鑽仰による独自なかたちの現実拒否の姿勢」や「王道への趣味あるいはモラル」に、自身の青春期の悩ましい純潔の論理をつつましく寄り添わせたり、その「孤独が異常に澄んだ鏡」に引き揚げ者であった著者の戦後の「俗塵をかぶった」生活が映し出されるとき、この作品はまことに奥深い魅力をたたえた逸品となり得たのである。

清岡はかつて、戦後の現実をくぐり抜けていく過程で、新しい詩学を模索し続けながら、「詩を書くこともある生活者」であることを、積極的に自認しようとした。しかし今ここで、年月がもたらす成熟と生活への新しい距離の取り方が、失われた純潔への夢をあざやかに甦らせるのである。阿藤伯海とは彼にとって、なお生活の雲間に遠望される、果たそうとして果たされなかった「別の生」へのあえかな憧憬をかたどるものであったのだろうか。

この作品を既成の小説概念に照らして、人物の肉付けや生活の生臭さの描写の不徹底などをこと挙げして、批判する向きがあるかもしれない。事実、徹底して反俗、反時代的な人生を歩んだ阿藤伯海という人物の、生活者としての側面に探索の手が積極的に伸ばされた形跡はない。法政大学時代の門下生のひとりであり、晩年にいたるまで親密な師弟の交わりを結んだ齋藤磯雄との往復書簡（東京創元社刊『齋藤磯雄著作集』第Ⅳ巻に収録）から窺うことの出来るいくつかの私生活上の些事（たとえば食生活や村人とのかかわりなど）はごく控えめに暗示する程度にとどめられ、また阿藤が我が子のように慈しんだ金丸摩耶子（一高いらいの親友高山峻の令嬢）へのこまやかな愛情は、漢詩集『大簡詩草』に収録された摩耶子宛の二篇の七言絶句からも、さまざまに想像されるものの、ここではあえて深入りしないで済ませているように見受けられる。

しかし、こうしたことはまさに「ミロのヴィーナス」のあの「失われた両腕」であろう。青春の一時期に起源を持つ上述の長年の夢と、その結晶の核となるべき対象を、過不足なく描ききったという手ごたえさえ得られれば、たぶん著者にとって、それが小説と呼ばれようと、評論もしくは随筆と呼ばれようと、もはや関心外のことであったのではあるまいか。

事実「あとがき」のなかでこの試みは、「詩人論ふうの私小説」あるいは「私小説ふうの詩人論」という、一見無造作なことばで言い表わされている。ジャンルに関するいかにも融通無碍のこの考えは、しかし対象への深い愛に裏打ちされた透徹した批評眼によって支えられているのだ。鋭利な刃物で裁断してその切り口のあざやかさを誇る批評ではない。対象への長い時間をかけた深い慈しみの過程で探りあてられた核を中心にして、みずからを絶え間なく豊潤化させていく、いわば創造的な批評の産物なのである。

なお清岡は本書刊行から十八年を経た時点で、講談社文芸文庫版『詩礼伝家』を刊行するに当たって、あらたに「蘇州で」と題する短篇を追加の新作として加えている。一九七六年に中国を旅行したとき、主人公阿藤の書から取った「詩礼伝家」という自作の題名の由来ないし出典に関して、思いがけない発見に恵まれたいきさつを語ったものである。これは一九七八年に刊行された中国紀行『芸術的な握手』の一挿話をもとにした、いわば後日譚でもある。ちなみにこの追加の一篇を含む講談社文芸文庫版の『詩礼伝家』は、二〇一〇年に財団法人吉備路文学館から復刻版が刊行されている。

後日譚と言えば、さらにもうひとつ注目しておきたい事実がある。清岡の終生にわたって変らなかった阿藤への鑽仰の念を記念する一文が、阿藤の生家「臥龍洞」（阿藤の京大時代の恩師である君山狩野直喜の命名）の前に建てられた顕彰碑に刻まれている。

阿藤は最晩年に奈良時代の学者・右大臣吉備真備《きびのまきび》を顕彰する漢詩を、真備の出身地の有志から依頼を受け、渾身の力をこめて制作している。「右相吉備公館址作」は、矢掛町東三成に建立された詩碑に留められている。

阿藤の出身地である鴨方町六条院東の篤志家たちが、清岡を含む一高の門下生数名とはかって、阿藤を顕彰する詩碑として、同じ詩を刻んで阿藤ゆかりの地（現阿藤伯海記念公園内）に建立したのが、一九八四年八月であった。清岡の撰文はその詩碑の向かって右隣の少し小さめの碑に刻まれている（謹書は同じく門下生の高木友之助）。

記念公園内阿藤伯海旧居のパンフレットから、その撰文を以下に書写しておこう。

《阿藤伯海先生ハ明治二十七年二月十七日ニ岡山県鴨方町デ豪農ノ長男ニ生マレタ　諱ハ簡　字ハ大簡　二十世紀中葉日本ノオソラク最高ノ漢詩人デアル　六條院ノ小学校時代カラ秀才デ容姿端正　矢掛中学校ヲ経テ第一高等学校文科ニ学ビ岩元禎教授ニ影響サレタ　東京帝大哲学科ニ入ッタガ上田敏ニ私淑シ近代西欧ノ詩美ニ囚ワレタ　大正十三年卒業論文ノ対象ハ　ノヴァーリス同ジコロカラ李白杜甫ナド古代中国ノ詩人ニ魅惑サレ京都帝大ノ狩野直喜博士ニ中国学ヲ学ンダ独身ヲ守ッテ鎌倉ニ住ミ現代詩ノ秀作「哀薔薇」ヲ発表シタガソノノチハ漢詩制作ニ最大ノ情熱ヲ注イダ　昭和十年ゴロ法政大学デ漢文学ヲ講ジ同十六年第一高等学校教授トナッテ漢文学ヲ担当　戦時ニアッテ王道ヲ尊ビ覇道ヲ排スル識見　文学ヘノ理想主義的ナ愛着　寛厚ナ人柄　時流ニ超然ノ羽織袴コレラハ多感ナ一高生ノ敬慕ノ的トナッタ　同十九年暮ノ暗澹タル戦局ノ中デ辞任シテ帰郷　故宅臥龍洞デ看経三昧ノ生活ニ入ッタ　戦後農地改革ニ先立チ田地ヲ小作人ニ贈ッテ一部カラ嘲笑サレタガ恬然トシテイタ　同二十四年岡山大学創設ニ尽力　再ビ教壇ニ立ツコトハナクソノ後孤居十数年臥龍松ノ傍デ詩作読書ニ耽ッタ　同四十年四月四日死去　前日ニ完成シタ「右相吉備公館址作」ハ高雅芳潤ノ代表作デアル　拡大シタソノ草稿ヲ刻ンダ石碑ガ矢掛町東三成ノ吉備大神宮境内ニ建立サレタ　同四十五年ニ先生ノ漢詩約四百八十編ガ「大簡詩草」トシテ一高教授時代ノ門下生ラニヨッテ刊行サレタ　法名　臥龍庵大簡居士　墓ハ大簡阿刀先生之墓ト刻シ旧宅近クノ丘ニ在ル》

簡にして要を得た、しかも旧師への尊崇の念を十二分に込めた一文であろう。文中に岩元禎の名が見えるが、一高の名物教授として知られた哲学者であり、夏目漱石の『三四郎』に登場する廣田先生のモデルに擬せられることもある人物である。その影響の深さと広さについては、高橋英夫の『偉大なる暗闇』がくわしい。

細かいことであるが、その後の研究により次の三点については、以下の事実が判明しているようである。阿藤伯海旧居のパンフレット末尾に付されている略年譜（岡山大学名誉教授・廣常人世氏執筆）によれば以下の通り。生年月日は、明治二十七年二月十日が正しく、「諱ハ簡　字ハ大簡」とあるところは、より詳しく記せば「本名伯海（はくみ）、後年、簡（かん）と自称、大簡（たいかん）・伯海（はくかい）などを号とし、また姓を藤（とう）、阿刀（あとう）などと署した」、ということになる。また法名は臥龍庵大簡大居士とのことである。

さて『詩礼伝家』刊行の翌年、清岡は思いがけなくも二十八年ぶりに中国大陸に渡ることになる。「我レ生ルルコト千歳モ晩シ」とうたった漢詩人への巡礼の旅から、一気にその旧師が訪れたことのない現代中国の旅へと誘われたのには、かつて江藤淳が予測した一連の時事的な展開が大きく作用していた。すなわち一九七二年九月二十九日、北京において田中角栄と周恩来が「日中共同声明」に署名して、いわゆる「国交正常化」が宣言されたことに端を発している。

井上靖を団長とする日本作家代表団（巌谷大四、伊藤桂一、清岡卓行、辻邦生、大岡信、秦恒平）は、一九七六年十一月、十七日間にわたって北京、大同、杭州、紹興、蘇州、上海を訪れた。一年半後、清岡はこの旅行についての長大な紀行文『芸術的な握手』を書き上げて刊行する。その

「あとがき」の末尾には、以下のような感懐が記されている。

《現実の中国旅行は十七日間であったが、うねりくねるその回想の旅行は、ときどき小休止をまじえながら、およそ四百三十日間であった。（回想されて書かなかったことが、なんと多いことか！）やっと私は、こうした二重の海外旅行から、まず、自分の家の庭の荒れた薔薇に戻ることができるような気がしている。》

「回想されて書かなかったこと」のなかに、大連についてのあふれるような思い出が含まれていることは言うまでもないことである。この点については、法政大学の教え子のひとりで清岡の信頼の篤かった文芸評論家の小笠原賢二（惜しくも清岡の死の二年前に早世した）のインタビューに答えて、清岡はこんなふうに答えている。「たった二週間ほどの旅行について七百数十枚も書いたわけで、常識的にはちょっと馬鹿げていると思いますが、それは結局、大変逆説めくけど私があの時、実際に大連に行かなかったからじゃないでしょうか。つまり、心の底に満たされない望郷の念が常にあって、それがもっとも深いモチーフとして持続していたからだと思います」（小笠原賢二著『黒衣の文学誌』、一九八二）。

ふるさととは本当に忘れることが出来るのか。散文詩「地球儀」末尾の問いが、ここでも鳴り響いているだろう。江藤のいわゆる「不在への歌」は、「アカシヤの大連」に始まって、清岡のほとんどすべての「私小説ふうの」作品群をつらぬいて、通奏低音のような調べを奏でてきた。生まれふるさとへの尽きざる思いは、このあと、一九八二年十一月における二度目の訪中の際に、単身、四泊五日の日程で大連を訪れたことにより、あらたな展開へとつながり、やがて『大連小説全集』上下二巻にまとめられる一連の作品を生むことになる。

第六章　夢のプリズム

映画とともにシュルレアリスムを「ジャンピング・ボード」として、清岡が一九五〇年代半ばごろに詩人としての再出発を果たしたときから、「夢」は大きな素材でありモチーフであった。ロベール・デスノスへの深い関心も、もちろんこのことと無関係ではない。清岡の全作品のうち、睡眠中の夢に取材したものは、かなりの数にのぼる。第一詩集『氷った焔』いらい、詩の一篇全体あるいは部分として描かれる夢は数多く、また小説においても、第一作「朝の悲しみ」いらい多くの作品で、夢は話者の内面性を担保する重要な細部として、好んで取り上げられてきた。

しかし清岡がこの睡眠中の夢に対して集中した意識をそそぎ、持続する方法意識に基づいて連作のかたちで作品を発表し続けるのは、一九七〇年代に入ってまもなくしてからの数年間である。その成果はまず『夢を植える』（一九七六）と題して一巻にまとめられた。この掌篇集の「あとがき」の冒頭で、作者はこう述べている。

《夢を描く掌篇小説の試み。それも、ある手法の意識につらぬかれた、かなりの数のその作品の集成。――こうした制作への願望を、私がはじめて抱いたのは、もう五年あまりも前のことである。

それまでに、私は長い期間にわたる詩作において、夢をよく題材にしていた。一つの夢が一つの詩の全体となる場合と、部分となる場合があったが、合計でたぶん二十回以上、詩のなかに夢を書きこんでいただろう。ある時期には、同人詩誌の仲間から、〈夢屋〉とからかわれたこともある。》

「同人詩誌」云々は、おそらく「今日」や「鰐」の時代を追懐することばであろう。掌篇とはいえあくまでも「小説の試み」として書かれたこれらの作品は、しかし一方では著者自らが認めるように、「散文詩の領域」とも重なりあうはずである。この点、清岡はジャンルに関してはかなり柔軟に考えていたようである。没後刊行の思潮社版『定本清岡卓行全詩集』も、このなかから八篇を抄出し、「散文詩」として収録している。

清岡はこれまでにもいくつかの散文詩の佳作を発表して来ている。たとえば『日常』の「地球儀」、『四季のスケッチ』所収の三篇（「めくるめく空白」「アカエリヒレアシシギ」「無人島で」）など。これらのいくつかは、のちに「アカシヤの大連」などの小説で、装いをあらたにして、建築物を構成するブロックのようにして、それぞれが重要な箇所にはめ込まれている。

一体に、清岡における散文詩の定義は、かなり融通無碍のようである。ボードレールの『パリの憂鬱』やランボーの『イリュミナシオン』などを頂点とする、フランス十九世紀の散文詩の成立と発展を研究した、シュザンヌ・ベルナールの浩瀚な著書によれば、散文詩を他の文学ジャンルと分かつ限定条件として、以下の三つが挙げられる。

その第一は、テクストを詩作品として結晶化しようとする作者の構成的な意図が、結果としてもたらすところの「組織的統一性」である。平たく言ってしまえば、ひとつの全体としてのまとまりを持ち、それじたいで完結した宇宙を内包していることが求められる。ここから第二の限定条件、すなわち「無償性」ということが導き出される。散文詩は、時間の流れや空間の延長にそってある一定の筋の展開に寄与する、物語や小説などの叙述様式や描写とは異質のものである。無限の時空を一個のオブジェのようなものに圧縮して封じ込め、一切の理由づけや有用性を欠いたまま、一気に読者の前に提示しようとする。

第三の条件は、以上二つの条件が必然的にテクストの形態に強いるところの「短さ」である。長談義、余談、あるいは脱線は、詩の昂揚と濃密さ、あるいは統一性を損なうものであろう。エドガー・アラン・ポーが「詩の原理」の冒頭で断言するように、「長い詩などというものは存在しない。長い詩というような言い方が、すでに用語上の矛盾を犯しているのだ」。『夢を植える』の二十二篇は、いずれもこの限定条件をさほど大きく逸脱するものではない。各篇が十ページ前後という長さも、初期散文詩の代表作と言ってもよい「地球儀」などと比べて、それほど過大なものではない。「掌篇小説」と「散文詩」のいずれにジャンル分けしようとも、それはあくまでも文芸ジャーナリズムの都合であって、作品の本質にはほとんど関与しないと言っていい。肝要なのは、著者自身が「あとがき」で述べている次の一点である。《私は夢のありのままの記録が可能であるとも、そのありのままが文学作品として有効であるとも、まったく信じておらず、自分なりの拙い記録から出発し、それが芸術的な独立に向うように、絶えず努めることを自分に課した》。

ここには、先ほど挙げた第一の限定条件がほぼ過不足なく言い尽くされているだろう。第二、第三のそれは、これに付随して自ずから充たされていると考えていい。引用は控えるが、末尾に収録の「柳絮を浴びる裸女」などは、この点でも規範となる成功例と言えよう。かつての植民地都市・大連を思わせる町の坂道を、白昼、堂々と徒歩で昇ってゆく、魅力的な若い裸の女の姿を、画面にあざやかに切り取るカメラ・ワークと、この夢の情景の背後を説明する節度ある叙述、この二つがジャンルの成立を保証する作品の命であろう。

こうした試みは、これ以降もほぼ持続的に書き継がれ、数年後、『夢のソナチネ』（一九八一）として結実する。行わけ詩を含む長短さまざまなテクストを含むが、単行本の帯にはやはり「掌篇小説集」と銘打たれている。作者にとってここでも「夢」という主題とモチーフが最大の関心事であって、作品の形式やジャンルわけは、おそらく二次的なものであったのだろう。「間奏ふうに」との副題のついた「夢の周囲の一群」の一篇を引用しておこう。

三十年も見ない故郷の家に　戻ってきたのか？

家の建っていた形のままに　青い釣堀がある。
釣手たちの釣糸は　垂れたまま微動もしない。
漣の形をのこし　水は透明に氷っているのだ。

「氷った釣堀」と題する四行詩であるが、記憶の底に氷結した故郷の家を、「石膏」冒頭の二行を思わせる美しいイメージで喚起する。作者が半歳から二十四歳までのうち二十年あまりを過ごしたコロニーの町・大連の家であるが、この二重の意味で失われた家郷へのいやしがたいノスタルジーが、夢の「裸像」をいっそう彫りの深いものにしているだろう。この釣堀のイメージには、その家からほど遠からぬところにある「弥生ヶ池」（現在の映松池）の記憶が投影されているだろう。後述するが、清岡はこのあと、一九八二年十二月初旬に、引き揚げ後、実に三十四年ぶりに大連への帰郷を果たし、現実にこの家を再訪しているが、そのあたりの事情は、小説集『大連小景集』（一九八三）にくわしく描かれることになる。

一方「青と白」は、マラルメのいわゆる「白の悩み」を扱いながら、その深刻さと憂鬱を吹き飛ばすような、いかにも解放感にあふれた結末を持つ散文詩である。集中でも特にカッティングに妙のある、コンパクトな夢の造型であると言えよう。

主題への導入は単刀直入である。「机のうえのガラス板のうえに、真白に光る矩形の洋紙が一枚、横長にきちんとおかれている」。「回転椅子に坐って机に向かっているわたしは、なにかを書きたいという激しい欲求につらぬかれている」。「しかし、いつまで経っても、頭のなかには、書きたいことがすこしも具体的に浮かんでこないのだ」。創作行為にともなう未知への期待と不安と、そして緊張のうちにわれとわが身をさいなむ生みの苦しみ。自覚的な創作家なら、程度の差こそあれ、しばしばつきまとわれる強迫観念であるに違いない。

けれども不意の逆転は、まさに夢の特権である。

見ろ。万年筆のペン先に滲みでているインクの量が、すこしずつ、すこしずつ増え、今やペン先の尖端に青く小さな球体がぶらさがろうとしている。わたしはそれがなにかにとても似ていると感じる。燃えつきようとする線香花火の、微かにふるえる最後の火の玉。もしそれが白紙のうえにぽたりと落ちて、青い火事が起きたら、わたしの長い沈黙の負けだ、とわたしは理由もなくそう思う。

わたしはあわてて、万年筆の先を天井に向ける。すると、いったい、誰の仕掛けた手品か、青いインクの玉が、まるでシャボン玉の極小の粒のように、室内の空中へふわりと飛び出た。それも一つだけではない。あとのものは準備の時間をかけず、ペン先の尖端からいきなりシャボン玉の極小の粒の形であらわれたが、二つ、三つ、四つ、五つ……とつづいて空中へ軽やかに飛び出た。そして、これらのインクの玉は、やがてひとつひとつが淡く青い雲にふくらみ、これ以上ないほど静かに凪いだ純白の海のうえに、美しく浮かんだのである。

「青と白逆転のこのふしぎな光景」の要諦が、「白の悩み」から「青の喜び」へのあざやかな転換にあることは、言うまでもないだろう。表現の「苦しみ」と「喜び」とをそれぞれ象徴するこの二つの色の交代劇は、作家にとっていかにも切実なリアリティを感じさせるが、素朴な願望充足の夢というのにはあまりに深い、創作家の内面の機微にふれる忘れがたいイリュージョンであろう。

ちなみに『定本清岡卓行全詩集』には、『夢のソナチネ』から、「青と白」を含む「散文詩」七篇と、「氷った釣堀」を含む「四行詩」十二篇が収録されている。それではいったい「詩」と「小説」の差異は、作者本人においてどのように自覚されていたのだろうか。この点については、随筆集『窓の緑』(一九七七)所収の「夢を描けば」を、ここで参照しておく必要があるだろう。

清岡はこの随筆のなかで、夢の記録を芸術として成立させるためのさまざまな工夫を、ひとつの比喩を用いて説明している。彼自身のまとめによれば、「一篇の掌篇小説全体を宝石の指輪にたとえ、それを宝石（夢における影像、声、音、匂い、触りぐあいなど、感覚的なものの集合）、爪（夢に形象化されてはいないが、裏面で夢と嚙み合っている作者の知情意）、そして、輪（夢の基盤となった現実、さらには、夢と偶然かかわる現実）というふうに、三つの部分あるいは要素に、やや図式的ではあるが、分解したのである。

この比喩に従うなら、四行詩「氷った鈎堀」の場合は、その凝縮と彫琢の度合いにより、「宝石」そのもののむき出しの提示に近いと考えることが出来よう。これに対し、「青と白」の場合は、「爪」と「輪」の比率を極小にして作られた、シンプルであるがゆえによりインパクトの強い指輪、そして「柳絮を浴びる裸女」は、宝石、爪、輪の三者がバランスよく均衡を保った豪奢な指輪、ということになるだろう。ここまでは、「詩」あるいは「散文詩」のジャンルに分類されることに、何の不具合も生じないであろう。

しかし一方で清岡は、こんなことも打ち明けている。「比喩におけるこの宝石の指輪の内部関係において、輪が、ときとして作者の手に負えがたいほど、大きく膨張するようになってきたのである」と。これはもはや小説家としての本音であろう。掌篇小説が長篇小説へと変貌する契機すら窺われるのである。

事実、清岡はこの随筆を書いた数年後に、新聞連載小説『薔薇ぐるい』を執筆する（毎日新聞夕刊に一九八一年十月から翌年四月まで、一五七回にわたって連載）。この作品においても「夢」はきわめて重要な位置を占めているのであるが、具体的な夢の造型においては、指輪全体のなかで、

「夢」の本体である「宝石」そのものに比して、付属品であるところの「爪」と「輪」の部分が、異常に「膨張」して描かれているのである。

『薔薇ぐるい』については、かつて「フローラへの供物」と題する小文（『清岡卓行論集成 I』所収）を書いたことがあるので、ここではこの作品において夢がどのように「指輪」として造型されているのかということに限定して話を進めて行きたい。

主人公・宮川康平は、ある私立大学の日本文学科教授で、五十五歳の独身であるが、卒業論文の指導を受け持っている教え子の北原涼子に密かな恋心を抱いている。小説のハイライトのひとつに、主人公がこの女子学生の夢をいくつか重ねて見る場面がある。たとえば中盤の第四章「真夏」に挿入されている、康平が見た二度目の涼子の夢は、次のようなスカトロジック（糞便嗜好的）なものであるが、抑制された筆の運びは、ロココ時代のフランス絵画を思わせるような、放縦であると同時に上品な絵柄を作り上げている。

『スカトロジア――糞尿譚』（一九六六）の著書を持つ小説家・山田稔の場合もそうであるが、こうした描写に手を染める作家には、どちらかといえば羞恥心のつよい人が多い。すでに見たように「真夜中」の作者の場合も、そのエロティシズムは個人的な嗜好というよりは、ある種の聖域をわずかに侵犯することに無垢な歓びと恥じらいを覚える幼子にも似た遊び心に根ざしていた。ともあれ性愛描写を欠く恋愛小説としては、それを補うためにもきわめて重要な場面である。少し長くなるが、その夢の記述の本体と前後の説明の部分を併せて、以下に引用する。

《その夢はきわめて短いもので、あとで考えると十二秒ほどのものでなかったかと思われる。もっとも、夢の中に流れていた時間は、眼覚めたあとで正確に測ることはできない。したがって、その十二秒ほどとは、映像などをなるべく元通り反芻しようとする場合にかかる時間ということになろう。

薄暗い十畳ぐらいの洋間の中で、時刻はなぜか午前十時ごろと思われる。暖房なしで温かい感じ。季節は初夏とすればぴったりだろう。康平の眼の前にベッドがあり、若い娘が腹這いの形で眠っている。彼はそれを真横から見ている。彼女の頭は枕に載せられているが、顔は向こう側に向けられており、誰かわからない。黒く長い髪。両手で枕を大きく自然に包むようにし、両足はほぼまっすぐ伸ばしている。

康平には不意に、その若い女性が涼子だとわかる。裸体であり、布団や毛布はかけられていない。若若しくひきしまり、滑らかに起伏し、白く輝いている、一糸まとわぬ俯《うつぶ》せの裸体。彼の眼には眩しくもあり、いとおしくもある。ふしぎな世界だ。日ごろ歩いているのを眺めるときよりも、体がいくぶん長くなっているように感じられる。ほんとうはそんな長さであったのだ。

ふと気づくと、お尻の割れ目をかくすような形に、襁褓《おしめ》が一本縦に当てられている。もう大人だのに、どうしてお尻にそんなものを当てるのか、奇妙なことをするものだと思われた。

そのときである。康平の右手ではない誰か別の人間の右手、それもまったく透明で、康平の眼にはさっぱり見えない右手が、襁褓の背中のほうの端をつかみ、静かにそれを剝ぎ取って行ったのである。そのあとにあらわれたのは、なんと、赤ちゃんのそれとそっくりな黄色い便が肛門のまわりにべったりと着いたお尻であった。

康平は驚愕した。なんという汚さ！　早く生温いお湯でよく洗ってやり、そのあとに石鹸の白い泡をいっぱいつけ、もう一度生温いお湯でよく洗ってやらなければならない！　こんな考えが、彼の頭の中をすばやく通過して行った。すっかり綺麗に洗えば、今度は逆に、すばらしく美しいお尻があらわれるだろう！

康平はここで眼が覚めた。しばらく茫然としていた。それにしても、なんとグロテスクで結局はエロチックな夢を見たのだろうと思った。こんな夢をどういうきっかけで見たのかという問いよりも先に、この夢の意味はなにかという問いに深く捉えられた。》

本体である夢の記述の部分を「宝石」（もちろんこれには入念なカッティングと研磨の手が加えられている）とすれば、前後数行ずつの説明の部分は「爪」に相当するだろう。このあと小説は主人公自身による「夢判断」が行なわれ、そこでは、彼の前半生のいくらか「生臭い」経験の積み重ねをも含む現実の生が、回想ふうに語られることになる。そこでいわば「輪」の部分が異常に膨張していくのであるが、ここにも清岡の掘削作業の実例が見て取れるわけである。中核となるポエジーから発して、それを具体的に肉付けする過程で、内部から螺旋状にテクストを増殖させて行く技法である。

ところで、作者は主人公が見た夢を、「グロテスクで結局はエロチック」という二つのことばを使って説明する。実はこの二つの欧文の形容詞は、「一高詩人」であった時代から、戦後におけるシュルレアリストの時代を通じて、清岡が終始つよく意識し続けた概念でもあった。彼が「向陵時報」の一九四四年五月三十一日号に発表した作品に「病臥する禁慾者のほぐれてゆく熟睡」と題する詩篇がある。第一章で述べたように、第一詩集『氷った焔』に「ほぐれてくる昏睡」と改題して大幅に改筆のうえ収録された作品である。原口統三の「海に眠る日」と同時に掲載されたこの初出詩全四十九行のうち冒頭の十数行のみを引用する。

やはらかい夜具の中に　しぜんに発熱する一つの肉体
さびしい温度にしつとりとふくらむ　病み衰へた肉体
空洞《うつろ》な陶器の　白い枕のうへに
倦み疲れたその脳髄がおかれてある
睡りつづける脳髄におぼろな感触が這ひよつてくる
そこにあらはれるのは一つのまぼろし
禁慾された感官を誘惑するふしぎなまぼろし
夢みる視覚の　ほのぐらい網膜のうへに
輪郭のない　匂はしい一つのおもかげはひろがる
夢みる聴覚の　しめつぽい鼓膜のうへに

声変りする　うら若い乙女の
　甘く嗄れたこもるやうなひびきが流れてくる
さうして夢みる嗅覚の　ねばねばした粘膜のうへに
甘酸つぱいおれんじのにほひが漂つてくる

冒頭の二行はすでに第一章で引用したところであるが、萩原朔太郎の「愛憐詩篇」や大手拓次の「藍色の蟇」などにも通底する詩想であると言えようか。この初期詩篇の切抜きには、作者自身による鉛筆の書き込みがあって、表題の下に「グロテスク」と「エロチック」の二つの形容詞が並んで記されている。記入の時期は明らかではないが、撥音の表記から『氷った焔』の入稿時よりもずっと以前、おそらく新聞掲載時からほど遠からぬ時期、つまり戦時中の書き入れではないかと推定される。

清岡の初期の詩論に、第一次「ユリイカ」に連載後、『廃虚で拾った鏡』の巻頭に収録された「恋愛詩のメタフィジックをめぐって」と題する重要なテクストがある。その初めの方で清岡は、デスノスの「エロチスムについて」と題するエッセーの一部を引用して、大手拓次を「恋愛が同時に純潔であり淫蕩である」詩人として論じている。八年間の空白ののちもなお持続する清岡自身の詩想の一端を明かしているのではないだろうか。

この「病臥する禁慾者」と『薔薇ぐるい』の五十代半ばの独身の主人公（内面生活のいくらか

は作者自身のそれが投影されていると考えて間違いはないだろう）との間に、「うら若い乙女」の「まぼろし」が、共通の誘惑者として介在するとしたらどうだろうか。清岡がこれを「グロテスク」であると同時に「エロチック」であると考える感性は、数十年を隔てて変ることがなかったことに、ここでは注目しておきたい。

なお『薔薇ぐるい』は、新潮社の初版が出てから八年後に、日本文芸社から新版（一九九〇）が刊行されている。平出隆との対談「薔薇、あるいは詩と批評と小説の緊密な結合」が折り込みの栞として添えられたほか、さらに別冊として「薔薇の詩のアンソロジー」がつけ加えられている。後者には、著者を含む日本の詩人二十一名の作品と、著者自身の訳になる外国の詩人十三名の詩篇が収められている。薔薇の花を華麗にあしらった函のなかに、三百ページの本冊と百ページの別冊が寄り添うように収められている。造本上のこうした配慮と工夫は、清岡における詩と小説の関係を考えるとき、まことに意義深いものと考えられる。

つまり小説の側から言えば、そのモチーフの核をなす詩のありかが、ひとつの直接性として提示されている訳である。具体的に言えば、アンソロジーに収められている著者自作の詩「冬の薔薇」のモチーフと主題は、小説『薔薇ぐるい』のそれらと内在的に深くかかわっているのである。この点について清岡は、本冊の「あとがき」において、「私の場合、小説の試みとは、基本的には、自分の詩篇または詩的なものを、具体的な外部の現実における物語ないし環境のなかにきびしく客観化して位置づける批評である」、と述べている。ここでいう「批評」が、ジャンルとしてのそれではなく、小説を内在的に支え、かつ進展させるもっとも重要なファクターのひとつであることは、もはや言うまでもないことである。

こうした睡眠中に見た夢を素材とする一連の創作に加えて、展覧会のオブジェに接することによって生じた、白昼の幻想をモチーフとする作品も併行して書かれた。『固い芽』に続く第六詩集『駱駝のうえの音楽』(一九八〇)は、一九七九年春から夏にかけて東京と大阪で開催された〈中華人民共和国シルクロード文物展〉に触発されて書かれた十二の連作詩篇を収める。制作の契機はいかにも直接的であるが、仕上がったものの味わいは深く香りは芳醇である。外部からやって来た偶然の機会と、詩人の内部で時間をかけて熟成して来たエッセンスとの、めずらしくも幸運な出会いと融合、と言うべきだろう。

たとえば、「ある画像磚」と題する一篇がある。起点となったのは、敦煌の仏爺廟で出土した唐代の一枚の磚《れんが》に浮彫りされた、ひとりの男と一頭の駱駝の素朴なイメージである。読者にとってありがたいことに、この詩集では各詩篇のあとに小さなカラー写真が一葉ずつ収められている。ことばによるイメージの喚起を支援し補強する任務を立派に果たしながらも、読者の空想の自由なはばたきを妨げることなく、あくまでもつつましく控えているそのありようは、いかにもこの詩集の作風にふさわしく奥ゆかしいもののように思われる。そんなパラテクストにも支えられて、砂漠のなかの単調な行進を再現するかのような「アンダンテ・コン・モート」の詩行、すなわち詩人の空想と生活感覚を史実と霊妙に交錯させながら、「気楽にのんびりと」歩む一二五行の詩句が、ゆるやかに流れ出て来る。クライマックスは、オブジェから抜け出た男と駱駝が、「ついに／わたしの胸という／日没のさなかの町に入ってくる」、最終連のクレシェンドだろう。そこでは、男と駱駝の気の遠くなるほどに長い「身すぎ世すぎの歩み」が、詩人の「疲れた日日の営み」に、叫びをのみこむ深いため息とともに、重ね合わされるのである。

あるいは、小麦に加工してパンを焼きあげるまでの過程を連続的に表現したものと思われる、唐代の加彩泥俑に想を得た「穀物と女たち」。作者はまずこの四個の可憐な人形が出土した天山南路のオアシス都市に思いを馳せ、ついで千数百年の時間を一気にさかのぼって、「異数の辺境のきびしさのなかで」のどかに「共同の作業をしている」、四人の漢族の若い女たちの「日常の営み」をあざやかに喚起しつつ、そこに、彼自身が幼いころ旅順の博物館で驚愕のうちに見まもった木乃伊《ミイラ》の思い出を、さりげなく寄り添わせる。生死の境を鮮烈に印づけるイメージに、生への恐れと不安を本能的に読みとった幼児の、未来に向かってゆるやかに流れ出す時間と、ひとつの固有な軌跡を描きながら長い道のりを踏み歩んで来たのちに、人生の秋を強く意識せずにはいられなくなった男の、過去に向かって思いがけなくも逆流する時間との、なんというはるかな時空のただなかでの一瞬の出会いであろうか。

詩人はあとがきに代えて詩集の末尾に添えた随筆のなかで、これらの連作の最初の一篇である「白玉の杯」が制作されたときのいきさつにふれて、「オブジェそのものの魅力と、そこにたまたまかかわってきた中国古典の詩と、さらにそこへ投影された私の個人的な幻想、こうした三つのものが複合する構造を意識した」、と述べている。悠遠のかなたからやって来た十二のささやかなオブジェが、このように人間的で親しみのある気配を濃密に漂わせ始めるにいたる、その秘密の一端を率直に明かすことばではないだろうか。もちろんここで必要であったと思われるものは、偏見にとらわれない細心な観察力と豊かな想像力、そしてとりわけ自らの生を見つめるくもりのない瞳と深い教養であり、ほとんど作為のあとをとどめないこの四つのものの自然な協力こそが、清岡卓行の詩を「音楽」にまで昇華させた要因だろう。

第七詩集『西へ』(一九八一)は、いわば冒頭に喪章を付けられた詩集である。三つの章からなるが、第一章は、詩人が敬愛する二人の先達(渡辺一夫と金子光晴)の葬儀に取材した長篇詩「西へ」と、岡鹿之助の死を悼む「段丘の空」の二篇からなる。第二章は、「あとがき」の表現を借りるならば、著者自身の「ここ五年ほどの生活を直接の対象」にした九篇を、そして第三章は、著者が「生れて育った大連をその一端とする中国東北の風土、伝説などに取材し」た四篇を、それぞれ収める。

雑木の森の丘の裾を
捲るように走りつづける
四輛連結の　秋の風。
ぐぐぐぐと

その巨大な昆虫の胴体は
わたしのほとんどの　放心もろとも
約九十度　左へ曲った。
なんと　そのとき
くりかえしの　日常の忘却へ
落ちこぼれようとする太陽が
進行方向のどまんなかに
ぴたりと　位置したのである。

表題作「西へ」の中盤あたりの数行である。この作品については、かつて拙著『落日論』（一九八九）の最終章「夕日の氾濫」で、不十分ながら論じたことがある。ここでは清岡の「夕日と葬式」と題する一文（随筆集『窓の緑』所収）が、自作語りであると同時に、新しい散文の世界を切り拓く契機をはらんでいる点にだけ注目しておきたい。清岡によれば、この作品は二つの明白なモチーフの複合を意識したうえで書かれている。ひとつは、都心と郊外の自宅を往復する途中、電車のなかで繰り返し遭遇した「夕日の氾濫」であり、いまひとつは作者の深く敬愛する二人の先達の葬儀という「辛い経験」である。

前者に関しては、東京都西端の多摩湖畔にある自宅の最寄り駅から都心へと向かう電車のなかが、「しばらくのあいだ日光によってすばらしく輝かしい状態になることもある」事実を、はじめて知ったときの驚きがくわしく語られる。その後こうした経験を何度も繰り返したうえで、ごく自然にその「新鮮で生き生きとし」た「情感」を、「詩の中に書きとどめたい」と思うようになっていた詩人は、詩への結晶を待つこの既存のモチーフに結びつくためであるかのように、予期しなかった方向から別の新しいモチーフが現われる、というあらたな経験をする。作品の成立過程そのものが、作者自身にとっても「思いがけない」生の「断層」を開示する興味深い事例だろう。

一九七五年五月に渡辺一夫が、そしてその翌月には金子光晴が、この世を去る。清岡にとって二人の存在は、「異る意味においてであるが、それぞれ心の大きな支えとなるものであったから、あいついだその逝去は、したたか胸にこたえた」。実際に起こった事実と経験は、以下のようなものであった。

《さて、どちらの葬儀からの帰りにも、私は日没に近い時刻に、電車で西武園駅に着いた。その直前、電車内部における夕日の氾濫は、季節の関係から言ってなかったのだが、車窓という枠を通して眺めた、林や丘のつつましい風景が、なぜか身にしみて寂しかった。その風景に人影のまったくなかったことが、せめてもの慰めであった。それは、柩に花がふさわしいことに通じる、なんらかの意味をもっていたのだろうか？　私は二度とも、そのような同じことを感じた。》

このあと清岡は、「車窓の枠を通した」その風景が、未だ書かれていない詩のなかの風景として意識され、それが「夕日の氾濫にかんするモチーフと交錯し、活力のある複合体をつくりだした」と述べ、さらに技術的な調整についてふれたうえで、「他人の葬儀をすぐ詩の題材の一部とした、自分の職人的な腕への、一種の違和感」をも覚えた、と正直に告白している。

ここまで読むと清岡のこの随筆が、単なる自作詩への自注というものの枠を逸脱していることに、気づかざるを得ない。自作語りが、すでに書かれたテクスト（多くの場合それは詩篇であったが）への注解にとどまらず、そこから新しい散文の世界を切り拓こうとする契機をはらんでいたことは、〈「アカシヤの大連」五部作〉をはじめとする多くの小説において、すでに実証済みのことであった。

詩と散文のこうした関係は、第八詩集『幼い夢と』（一九八二）を読む際に、読者がそれより少し前に刊行された短篇小説集『邯鄲の庭』（一九八〇）を参照するときにも、同じような構図として見いだすことが出来るだろう。詩集に描かれた、作者の幼い子への深い慈しみと自らの老年を意識したしみじみとした情感を、それらの背景となる現実生活のありさまを含めて、別のやり方で確かな手触りとして感じさせるのは、短篇小説というジャンルの持つ力であろう。

清岡卓行がジャンルを超えた創作を続けた理由は、生の諸相を多角的に捉えることによって、表現の全体性を確保するためではなかっただろうか。そうであるならば、小説は詩の解説ではないし、また詩は小説の雛形などではなく、むしろあらたな精神の糧を生み出す「パン種」ということになるだろう。この「パン種」の譬喩はすでに序章で用いたところであるが、ここでその出典を明らかにしておこう。ポール・ヴェーヌが『古代ローマの哀歌体艶詩』(一九八三)において、シュルレアリスム以降の現代詩(具体的にはルネ・シャールなどを念頭においている)の「強烈さの美学」を強調するために用いた言葉である。イースト菌のようにさらにあらたな言語を発酵させるエッセンスというほどの意味で転用させていただく。『幼い夢と』は多くの佳篇を含む完成度の高い詩集であるが、ここでは「邯鄲」一篇を例に引いてみよう。

汗血馬《かんけつば》の話を書きながら　横に長く
眠りこんだ二階の父。
その夕ぐれの夢。
どれだけの世紀が　薄紫に流れたか。
ふと眼ざめて
どこの岸辺にいるのか　わからない。

眼ざめさせたものは　しかし
胡人の笛の悲しみなどではなく
もっと寂しく遠い　鞦韆《ブランコ》の振子の刻み。

暮れのこる芝生の庭で
三歳半の子が
ひとり揺れて測っている　秋の深さ。

ああ　邯鄲《かんたん》が
涼しさの金の細糸を　ふるわせて鳴く。
揺れやんだ幼い無言にとって
不安でもあるたそがれのなかで。
また　父に戻ってくる
古代の架空の　戦乱のかたすみで。

母だけは立って　手を動かしている
一階の明るい台所で。
秋刀魚《さんま》のはらわたと血に
指がすこし汚れた。
庭にできた柚子の実の　濃い緑は
俎板の横に。

父は書斎で「汗血馬」の登場する詩を書いている。漢の武帝のとき、大宛（中央アジアのシル河中上流域、フェルガナ地方）から獲得した駿馬は、血のような汗を出し、一日に千里を走ったという。詩集『駱駝のうえの音楽』所収の「青銅の奔馬」に、この馬への言及が見られる。幼い子は庭のブランコでひとり無心に遊ぶ。母は台所で夕餉の支度にいそしむ。「邯鄲」は、ひとつ屋根の下に寄り添って生きる、三人の家族それぞれの孤独と共生の姿を、秋の夕暮れの静謐のうちに、情趣ふかく浮かび上がらせる。

短篇小説集『邯鄲の庭』の表題作は、この詩を引用したうえで、次のようにまずは作品のモチーフをめぐる自注をほどこす。

《子供はちょうどこのころから、庭でひとり遊びをすることができるようになっていた。私をうたた寝から眼覚めさせた、ブランコのギイ、ギイ、ギイという寂しい音を、私は今も思い浮かべることができる。家族三人のそれぞれの孤独がたまたまそのとき、一階、二階、庭というふうにはなればなれになっている構図が、私になぜか秋深い情趣を感じさせた。》

著者はここで、自らが引用した自作詩からいったん離れて、おもむろにあらたな掘削作業へと向かう構えを見せ始める。「氷った焰」という自作詩の表題について行なったのと同じように、みずから「その動機の暗部に入る」ことを試みて、散文の世界を押し拡げるのである。

《私にはその情趣をもたらした密かな理由の一つ、無意識のうちに強く含まれていたにちがいない理由が、やがてはっきりわかった。それは、もし三人がそうした三つの場所にばらばらにいるとすれば、少くとも庭にいるものは幼い子供でなければならないということ、言いかえれば、その庭の土は、ほかならぬ幼い子供が生れ育つ場所の土であるということであった。

六年半ほど前にこの家に引越してきたとき、私はまったく久しぶりに自分の家の庭の土に、植樹などいろいろな形で親しむことのできるのがずいぶん嬉しかった。自分が育った大連の家の庭の土に親しんだときから数えると、ほぼ四十年ぶりであった。しかし、生れふるさとの家の庭の土にたいする懐かしさに、新しい庭の土による嬉しさが充分に代るということはありえなかった。それは人情の自然としていたしかたのないところだろう。大阪で生れて育った妻にしても、同じふうであったろうと思われる。

東京の多摩湖と大連の弥生ヶ池の場合に似て、いや、その場合よりもいっそう切実に、自分の幼い子供にとってはこの庭の土が、私における幼少年時代の家の庭の土と同じものになるだろう、という深い思いは、私の心にいつのまにかふしぎな経験をもたらしていた。その深い思いが微妙な回路となって、私もまた、今の自分の家の庭の土に、いわば血につながる懐かしさのようなものを感じはじめたのである。》

鋭く三つに分裂したふるさとの意識が、幼い子への思いから恩寵のようにして未来への展望を得て、優しく癒されてゆくさまが見てとれるだろう。かつて「わが墓場はいづこ／氷のごとく美しきわが夢に／われはかく訊ねき」（「土」、『円き広場』所収）と歌った詩人は、ここにいたってようやく安住の地を得たかのようである。そしてその安堵の心が、「生れふるさとの家の庭の土にたいする懐かしさ」を排除するものではなかったこともまた明らかであろう。

　この事例から見えてくる清岡における詩と小説の関係は、要約して言えば、詩篇「邯鄲」はそれじたいで自立するものであるのに対して、短篇小説「邯鄲の庭」は、自作詩の引用とそれに続く自作語りを抜きにしては成立し得ないものであった、との一事である。

第七章　大連

二〇一五年五月二十一日、大連周水子国際空港に飛行機が着陸したのは、現地時間の午前十一時過ぎであった。関西国際空港を定刻の十時に出発しているから、一時間の時差を勘案すれば、わずか二時間あまりの飛行ということになる。機外に出てまず空を仰いだ。薄曇りであるのは、単なる天候によるものなのか、もしかすると光化学スモッグによるものだろうか。気温は二十五度、湿度も予想以上に高いように感じる。上衣を着用している者には、少し汗ばむほどの陽気である。これなら大阪を発ったときとほとんど変りはない。わずか三泊四日の旅程で、詩人のあの「泣きたいほど青い空」に恵まれて、大陸の乾いた空気をわずかでも肌に感じることが出来るだろうか、かすかな不安がよぎった。

国際線新ターミナルで入国審査を受け、荷物を受け取って税関を通過すると、旅行会社の現地係員が出迎えてくれた。滞在中、通訳兼ガイドを勧めてくれる三十代の中国人女性Sさんである。ただちに専用車で中山区長江路のNホテルに向かう。郊外を含めて総人口約五九〇万の大連市は、当初私が想い描いていたよりも大きな町だ。遼寧省では省都の瀋陽市に次ぐ大都市であるという。車はなだらかな丘陵地に広がる住宅街を左右に見ながら快調に進み、やがて繁華街に入ってからはいくらか速度を落とし、ついに詩人が繰り返し描いたあの中山広場を半周あまりしてから、民生路を北進してまもなくホテルに着いた。

およそ三十分の道中、Sさんは私の旅行の目的を問い、翌日の午後の専用車による観光の日程を確認したうえで、もっとも重要な注意事項として、中国の水は硬水のためそのままでは飲めない、水道の水は沸かしても駄目です、必ずミネラルウォーターを買ってください、と念を押した。遠い昔、二十七歳で初めてパリの土を踏んだとき、先輩の留学生から受けた注意を思い出した。しかしそのころは煮沸した水道水の危険には無頓着だった。長年飲み続けると健康に悪影響が現われるとは聞いていたが、一年や二年の滞在なら問題はない、との説明を聞いたように思う。私を含めて貧しい留学生たちのほとんどは、しばらく使用するとやかんの内底が白くなるのを気にしながらも、ふだんは水道水を使用していたのである。大連の水が飲用に適さないのは、硬水のためばかりであることを願った。

昼食は機内での軽食で充分だったので、ホテルの部屋で一時間ほど仮眠してから、何はさておき中山広場を、と見物に出かけた。先ほど車で通った民生街を逆方向、つまり南に歩いて約十五分、途中天津街を左手に見ながら通り過ぎた。横断歩道を渡るとき、信号はあってなきがごときであることに気づいたのは、十分ほど経ってからであった。古稀を過ぎた外国人観光客が不用意にぶらぶら歩きする町ではない、と気を引き締めた。かつて日本人が「大広場」と呼んだ円形広場にたどり着き、しばらく立ち尽くした。広場に人影はまばらである。第一そこに入るための横断歩道が近くには見当たらないのである。おそらくどこかに設置された地下道を利用するのだろう。それよりまず眼をうばわれたのは、周囲に林立する高層ビルの群れである。建築途上のビルもいくつか見える。少なくとも都市の美観への配慮はほとんど感じられない。コンクリートのダム湖に沈む古い町、そんな悲しいことばがふと思い浮かんだ。

一九八二年十二月初旬、引き揚げ後、じつに三十四年ぶりに大連を再訪した詩人は、中山広場の周りに林立するビルを、はたして予想し得たであろうか。翌年上梓した『大連小景集』のなかでは、こう簡潔に記している。

《孫文の号である中山をその名称にした中山広場は、直径およそ二百メートルの大きな円形を成しているが、さらにその外周を幅二十数メートルの道路がめぐっている。そして、その輪状の道路から、今度は放射状に十条の道路が、ほぼ等しい間隔をもって各方向に発しているのである。》

広場の基本構造そのものには、いまも変りはないのだろう。目を閉じて『円き広場』所収の表題作を口ずさんでみる。「わがふるさとの町の中心／美しく大いなる円《まろ》き広場……」。この広場が、清岡卓行の文学の原点であるばかりではなく、その多岐にわたる形式とジャンルを螺旋状に掘削しつつ、異なる領域を横断して続けられた、その豊かな創作活動をかたどるものであることは、すでに序章で予測し、ここまでの各章において不十分ながら検証してきた通りである。しかし、思えば詩人の再訪からは、すでに三十二年半が経過している。とりわけここ十五年ばかりの中国社会の変貌にはいちじるしいものがあるのだろう。いま眼の前にしているこの広場が、中国社会の激しい変容に柔軟に対応しつつも、やはり基本構造においてはこの先も不変であってほしい、と願うのは私ひとりではないだろう。

詩人に倣い、時計とは逆回りに一周してみることにする。民生街と上海路の間にあって広場に対するのは、かつての横浜正金銀行大連支店、バロック様式のドームを主従あわせて三つのせ、玄関の左右にライオンの石像を配置した、少し重苦しい感じのする洋風建築である。いまは中国銀行遼寧省分行である。上海路と民康街の間に位置するのは、旧関東逓信局、現在は遼寧省郵政公司大連市分公司、つまりは大連郵便局である。ついで民康街と中山路の間に位置するのは、旧朝鮮銀行大連支店、現在は中華人民共和国国家金庫大連分行である。中山路と玉光街の間にある煉瓦造りの建物は、旧大連警察署、その後、遼寧省対外貿易局を経て現在は遼陽銀行大連分行として使われている。玉光街と延安路の間に位置するのは、かつての英国領事館、中央にドームをいただく薄いピンクの建物で、現在は広発銀行大連分行として使われている。

さて延安路と解放街の間に位置するのが、清岡卓行の読者にはすでにおなじみの旧大連ヤマトホテル、現在の大連賓館である。大広場をはさんで横浜正金銀行と相対しており、およそ百年前に竣工した満鉄直営のホテルである。正面はイオニア式オーダーを並べたルネサンス様式で、さすがにいまもあたりに威をはらっている。玄関わきに小さなプレートが取り付けてあり、それには「全国重点文物保存単位」、「大連中山広場近代建築群――大和旅館旧址」、「2001年6月25日公布」、「中華人民共和国国務院」の文字が読みとれる。十四年ほど前、歴史的建造物を保存しようとの国家的なプロジェクトが実施されたことの証であろうか。逆に言えば、当時すでに大連の町並みが凄まじい勢いで変容を遂げつつあったことを物語るのだろう。三十二年前、詩人はこう書いている。『大連小景集』所収の「中山広場」より。

《大連賓館は昔の大連ヤマトホテルで、外観はほとんど昔のままである。内部もおそらくそうなのだろう。かつて満鉄が経営したそのホテルは、一九一四年四月の、つまり第一次世界大戦勃発三か月前の竣工である。米国ルネッサンス式の重厚な四階建て（数え方によっては五あるいは六階建て）で、奥行きが深い。横幅を二、三、四各階正面の大きな窓の数であらわせば、九個である。》

詩人の記述はあくまでも正確で詳細である。あたかも昔をいまに取り戻そうとするかのように。余談であるが、建築史家の西澤泰彦は、「アカシヤの大連」の一部の記述を採り上げて、「小説とはいうものの、登場する建物や土木施設の描写が詳しく、その遠因は、清岡の父己九思の職業にあると見られる」と述べたうえで、特に住宅の外壁の煉瓦の積み方についての具体的な説明の仕方などを見ると、「建築・土木の専門家の目に近い」と指摘している（『図説大連都市物語』、一九九九）。なるほど先の引用に続く次の描写も的確そのものである。

《外装は薄い黄味のピンクのタイル張りを主としているが、窓の枠や廂《ひさし》に各階ごとの変化をもたせたり、二、三階正面の中央部では、窓と窓の縦のあいまに灰色の円柱ふうの装飾を浮き出させ、それら円柱の根元のあいだ、つまり二階の窓の前に、バルコンを設けたりしている。たいへん凝った造りで、色彩の組合わせは瀟洒だ。今日の感覚からすれば、豪華にして古雅、といったところだろうか。》

正面玄関からガラス張りの回転扉を押してなかに入ると、ホールに二、三名の従業員が出迎えてくれる。宿泊客らしき人影は見えない。支配人と見られる中年の男性に英語で館内を見学したい旨を伝えると、二十代前半の少し派手な色の服を着た女性が、流暢な日本語で応対してくれた。三十分の日本語ガイド付で五十元の入館料を支払い、昭和十三年当時の殷賑をきわめた大連の町並みを伝える絵はがき二十八枚組を百元で買い求めてから、古色蒼然とした館内を案内して貰った。まずは臙脂色の絨毯を敷き詰めた宴会場、内装はルネサンス様式ながら、壁には中国の絵が架かっている。ここで満鉄二十周年（一九二七年）の記念祝賀会などが、華々しく開催されたのであろうか。

そして会議室として使われたという天井の高い白い部屋、二階の展示室や陶磁器などを並べた売店。展示室には古いカメラなどとともに、日本統治時代に大連とかかわりのあった要人たちの写真や、戦後に訪れた政財界の有名人の写真が掲げてある。村山富市元首相と河野洋平元自民党総裁の写真に、ガイドの娘さんが控えめに注意を促した。政治の話はしないが、そこには現今の日中関係への危惧を示す意図が感じられた。Sさんより自然でなめらかな日本語を話す彼女に、どこで日本語を習ったのかと訪ねると、即座に「アニメですよ」との答えが返って来た。日本にも東京と大阪に観光で行ったことがあるという。

詩人がかつて家族とともに食事をした地階のグリルは、いまはないとのことであったが、四階の上にあるルーフ・ガーデンがどうなっているかについては、尋ねる余裕がなかった。「夜のライトアップされた大連賓館もすてきですよ」、と彼女がつけ加えた。予定の三十分が近づいたので、あわてて気になっていた質問をひとつだけした。街路樹のアカシヤはこの近くではどこで見られますか。娘さんの顔が心なしか歪んだように思った。「近ごろは、暖房のため石炭を燃すと公害がますますひどくなるので、アカシヤの木を切り倒して薪にするのです。でもこのホテルの裏手の通りにはまだ少し残っていますから、あとでご覧になって下さい」。

大連賓館の裏手へは再び延安路に戻り、なだらかな登り坂に沿ってほんの少しだけ歩く。最初の角を左折すると高さ八メートルほどのアカシヤの木が十本ばかり残っていた。行き交う車の騒音と排気ガスに抗するかのように満開の花を風に揺らせて、かすかに甘い芳香を漂わせていた。

解放街と魯迅路の間にあって広場に面しているのは、旧大連市役所、京都の祇園祭の山車をモチーフにした中央の塔がユニークであり、現在は中国交商銀行大連分行として使われている。入口付近に貼られている小さなプレートを見ると、「大連市重点保存建築」に指定されているようである。人気スポットなのであろうか、新婚らしい正装のカップルが二組ほど、照明のスタッフ数人を従えたプロのカメラマンに記念写真を撮ってもらっている。

広場を背にして魯迅路をはさんだその左隣は、旧東洋拓殖銀行大連支店であり、現在は交通銀行となっている。さらに人民路（日本統治時代は山県通、詩人再訪時は斯大林《スターリン》路と呼ばれていた）をはさんだ左隣は、中信銀行大連中山支行であり、これには「中国銀行旧址」のプレートが玄関脇に貼られている。二〇〇二年一月に「大連市重点保存建築」に指定された旨の添え書きが読みとれる。やはり今世紀に入った直後に、都心部の景観が大きく変りつつあったことの証でもあろう。そして最後に、左へ七一街を渡ると、人民文化倶楽部、すなわち大連市民文化ホールとでも言うべき建物がある。ギリシア・ローマの古代建築を意識した欧風建築であるが、ここは詩人が大連を引き揚げた当時は、空き地になっていたはずである。

こうして再び民生街の発端に戻ったのであるが、一巡して驚いたのは、予想を上回る金融機関の多さであった。十の建物のうち実に七つまでがそれに当たる。しかもそれらの各々の背後には別棟としていくつもの高層ビルが控えているのである。広場に面した歴史的な建造物は、もしかすると実用的な意味はほとんど持たず、いまはただ象徴的な存在として保存されているだけかもしれない。加熱する中国経済の行方が、この先この風景をどこまで変容させ続けるかは、やはり不透明のようである。

さて中央の広場に入ろうとするが、近くに信号も歩道も見当たらないので、交通量の多い環状道路を横断することが出来ない。先ほどと同じく時計とは逆回りにもう一度、中山路まで行ってみると、地下道があってようやく公園に入ることが出来た。この地下道は工事中の地下鉄が開通した折には、駅の一部になるのであろう。広々とした公園に人影はほんの二、三人しか見られない。市民の憩いの場とはほど遠い印象だ。私は『大連港で』の一節を思い出していた。
《私はこの大きな円形広場においては建物がなにもない一種の空白の感じが好きだ。眼前の中山広場におけるその感じは、日本時代の大広場のころも変わらなかった。日本時代には銅像が一つ立っていたが、それは中心点に位置していなかったし、建物ではなかったから、ほとんど気にならなかった。》
　大連賓館で求めた絵はがきを繰ってみると、手前に後ろ姿の銅像が映っていて、後景の横浜正銀行に広場を介して相対する、という構図の一枚が見つかった。建物の位置関係からして、これがヤマトホテルを背にして立っていたことがわかる。この人物は初代関東都督の大島義昌であるに違いない。舗装された広々とした遊歩道が、十数箇所の緑ゆたかな植栽をめぐる様子は、いま眼の前にしているコンクリートがむき出しの殺風景な光景に比べて確かに美しい。絵はがきの下部にはこんな説明が添えられている。「大連市街は露治時代から踏襲されたもの丈けにロシヤの植民都市に多いパリ好みの街形をなし、十條の放射路が大広場を軸として八方に美しく放射してゐる。だからその軸となる大広場は市のセンターで、周囲にはヤマトホテル、警察署、市役所、地方法院、逓信局、英国領事館などが集つてゐる」。
　詩人が好きだという「空白の感じ」は、いまも昔も変らないのだろう。しかしそれに加えて「青空」と清涼の気を求めるのは、欲張り過ぎであったかもしれない。私は無駄と知りながら空を見上げた。相変らずの曇天で、しかも空気は少し肌にまとわりつくようで、やはり蒸し暑かった。

このあと魯迅路を三八広場（旧朝日広場）に向かって歩き、途中でいまも中国国鉄の瀋陽鉄路局大連分局として使われている旧満鉄本社の本館を外から見物してから、詩人が通った朝日小学校のあった界隈を散策した。一九八八年に発行された「たうんまっぷ大連」は、昭和十三年から十五年ごろの日本統治時代の大連の町を復元しているが、これを見るとこの小学校は、朝日広場からほんの少しだけ大広場方面に歩いた左側に、かなり広い敷地を有していたことがわかる。『大連小景集』によれば、再訪時の作者は、大連軽工業学院になっているその建物を訪ねている。しかしいまはその面影はなく、飲食店などが入る雑居ビルが建ち並ぶ庶民的な一画になっている。そのあたりは開発の途上にあるのか、魯迅路の向かい側はいくつものビルが建設中である。

歩き疲れたのでタクシーでホテルに帰り、湯船につかって汗と埃を流したあと、ホテル内の中華レストランで海鮮料理を食べた。天津街の夜の賑わいを見物に出かける元気はないので、ベッドに横たわりながら、携帯型デジタル音楽プレイヤーに入れてきたモーツァルトのピアノ協奏曲第二十二番を聴いた。ピアノと指揮はダニエル・バレンボイム、イギリス室内管弦楽団による演奏で、録音は一九七一年である。詩人のセンチメンタル・ジャーニーに、ほんの少しだけでも寄り添うことが出来ればとの思いである。

もっとも中学三年生の清岡少年が「母から初めて買ってもらったレコード」は、一九三五年録音、ピアノ、エドウィン・フィッシャー、管弦楽、ジョン・バルビローリ指揮ロンドン・フィルハーモニック・オーケストラであった。大連再訪の初日のこととして、詩人はこの演奏の復刻盤をテープに移して持参したものを聴いた晩のことを、『大連小景集』のなかでこう記している。

《私は一体何回その楽曲・演奏に耳を傾けたことだろう。その端正な優雅、その瑰麗《かいれい》な憂愁に、私はヨーロッパの匂いをむさぼるように嗅いだ。

そのころから数えると四十五年も経っている。かつてそのような夢想をはぐくんだ居住の空間は、このホテル（引用者注＝南山賓館）からわずか三百メートルほどの町なかにある。あしたの朝そこへ行くのだ。私の指はテープレコーダーのボタンを押した。胸に抱きしめた音楽は耳に聞こえるだけでなく、直接肺や心臓にもひびいてくる。まるで可憐な生物の鼓動のように。そうだ、フィッシャー、最初の音が勝負だ……。

建設とか侵略とかに関係なく、誰にも迷惑をかけず、私は秘密の孤独の中で泣けるだろうか？泣けるなら思いきり泣くがいい。しかし、なにかがやはり私を引き留めている。音楽の魅惑の中に溶け込んでゆくかもしれない自分を感じるだけだ。いや、あまりにも多くのものが詰まっていた一日の疲労のために、この美しい深浅の渓流、この寂寥のアンダンテが終わらないうち、私は眠ってしまうかもしれない……。》

私の手もとにも欧州連合から取り寄せたフィッシャーのピアノ演奏になるＣＤ十二枚組のボックスがある。二〇一〇年の発売でバッハを中心にしたものであるが、そのうちの一枚に、詩人が聞いたのと同じ録音によると思われるモーツァルトのピアノ協奏曲第二十二番が入っているのである。大連に来る前には繰り返し聞いたのであるが、私の掌にのる超小型の携帯プレイヤーにはこれを同調させることが出来なかった。モノラル録音との相性が悪いせいだろうか。録音技術の違いなどを超えて、詩人が聞きとったであろう精妙な音楽は、おそらく私からは無限に遠い。バレンボイムの演奏は正確ではあるが、オーケストラの音響が相対的に少し強すぎるように感じるし、ピアノもたしかにフィッシャーの方が繊細で味わいが深いようにも思う。（あらえびすこと野村胡堂は『名曲決定盤』において、「バッハ弾きとして有名なフィッシャー」は、「その徹底した古典主義に比類のない完璧な美しさ」をそなえていると評している。）

改めて大連でこの曲を聞いて思い出されるのは、清岡の最晩年の詩「初めてのモーツァルト」（『ひさしぶりのバッハ』所収）だ。八十を過ぎた詩人は、この曲を繰り返し聞いた「十四歳の少年」の日を追懐しながら、心の窓に広がるもうひとつの「青空」を、こんな風に歌っている。

それは　ヨーロッパの
遙かな匂い？
それとも　古今東西を問わぬ
孤独の匂い？
少年は自分の胸を

希望や悔恨が
澄みきって
遠く　あるいは近く
駈けめぐる
青空にした。

翌日は、幸いなことに快晴であり、湿度も前日よりは低く気持のよい朝を迎えた。朝食後ただちにタクシーで南山麓の清岡家旧宅の跡を訪ねた。昨日ほんの少しだけ歩いてみた三八広場（旧朝日広場）から、南東に向かって朝陽街（旧朝日町）を数分走ると、春徳街（旧山手町）と交わる。そこでタクシーを降り、地図で確かめながらあたりを見まわすと、かつて満鉄の技術者や社員たちが住んでいたという個人住宅の群れは、そのあたりにはもはや跡形もなかった。詩人が半歳から二十年あまりを過ごした家のあったあたりは、いまや風景小学という名の真新しい学校になっていた。日当たりのよい広い運動場があり、紫がかったベージュ色の学舎には、大きな文字で「厚徳求心／博学致遠」のモットーが記されている。あとでSさんに確かめたところ、別のところにあった同名の学校が、いまから四、五年前に新校舎が落成すると同時に移ってきたのだという。清岡の次男・智比古氏は二〇〇九年五月に大連を訪れた際、「父の生家があったと思われる場所」が「瓦礫の海」となっていることを確認している（「現代詩手帖」二〇一〇年四月号掲載の

「父の家の骨」参照)。ここ七、八年の変貌の激しさを物語るエピソードだろう。

かつてこの校庭の一画に、煉瓦造二階建、敷地面積一〇九坪、建築面積階下三十六坪余、階上十九坪余の清岡邸が建っていた。屋根は青色セメント瓦葺きで、浴室炊事場便所とも腰白タイル張り、トイレは洗滌式(つまり水洗)で、もちろん温水暖房やペチカを完備していたであろう。満鉄の高級社員の住宅を、同じ時代の内地における都会の一般的な個人住宅とは比べるべくもないが、それにしてもいかに欧化の進んだ生活が営まれていたかが想像できよう。ちなみに詩人の父が満鉄の技術者として指導的な地位にあった一九三五年ごろは、満州の玄関口である大連の最盛期であり、日本人約十三万人、中国人約二十二万人に加えて、亡命ロシア人を含む欧米人千人余りが暮す国際都市であった(一九三六年刊行の『大連市史』による)。

ただしここで忘れてはならないことがひとつある。和田博文・黄翠娥編『〈異郷〉としての大連・上海・台北』(二〇一五)巻頭の座談会で、小泉京美がこんな指摘をしている。このあたり南山麓の一帯は、もと中国人の居留地であったものを、一九二〇年代初頭に、満鉄の社宅などの建設用地として収用されたものという。このため現地住民は市西部の低地に移住させられ、あらたに中国人街を形成したとのことである。植民地支配の具体例のひとつに過ぎないのであろうが、こうした歴史的な事実はぬぐい去ることが出来ない。コロン二世であった詩人の無垢は疑いようがないが、彼が「わが罪は青」と歌った、あの得体の知れない罪障感の一端に、このことが幾分かでも反映されているのではないかと、私には思われて仕方がないのである。

風景小学の校舎を裏手に回り込むようにして、春徳街を西に進む。生け垣にピンクの蔓薔薇や山査子の白い花が混じる住宅が並び、文具店なども見かけられる文教地区である。風景街と交差するあたりには、「環境衛生責任区」のプレートが貼ってある。このあたりは街の景観にも充分な配慮がなされているようだ。ちなみに中国語の「風景」はランドスケープではなく、「風と光」を意味する言葉だそうである。車の量が少し多すぎるように感じるが、しかしポプラ並木の美しい街だ。

十分ほど歩くと五五路という大きな通りにぶつかる。これを右折して一筋目の清爽街をさらに西へ向かうと、その左手には、かつて「鏡池」ないし「鏡ヶ池」と呼ばれた人工貯水池が広がっている。詩人再訪時は「明択池」と称されていたようであるが、ホテルでもらった観光地図には「明浄池」と記されている。市民の憩いの場である児童公園のなかにあり、池のまわりには柳が並ぶ遊歩道がめぐらされている。あとでSさんに確認したところ、冬期はいまでも凍結したこの池でスケートが楽しまれているとのことであった。東西に細長い胡瓜のような形の池であるが、北側は石造の橋桁に木製の歩行路が渡してあり、南側は石組みや植え込みの間を縫うような形で歩道がめぐらされている。小さな突堤の尖端に展望のための亭があり、そこには釣りを禁止する立て札も立っている。この南側の一段高い遊歩道には数本のアカシヤの高木が満開で、ほのかに甘い香りを漂わせている。ただし、花が散って地面を白い花びらが覆うほどではないところを見ると、七分か八分の開花と言うべきかもしれない。

ウォーキングを楽しむ中年の男女たち、四角い縁台のようなものにトランプのカードを並べてささやかな賭け事に興じる老人たち、ベンチで談笑する家族連れなど、和やかで親しみやすい人々の暮らしが、ここにはある。

三十分ほどのち、先ほどの五五路を南へおよそ十五分ほど歩くと、大連自然植物園に到達した。おそらく清岡少年の散歩コースもこれとさほど違いがなかったと思われるが、いまや幹線道路として整備され、ときどき車が行き交うコンクリートの舗装路は、やはり七十五年前とは様変りしているのだろう。しかし、いまも昔と同じように南山と呼ばれる小高い丘の裾に、かつて弥生ヶ池公園と呼ばれた場所が、市民の憩いの場として大切に保存し活用されているのは、うれしい光景だった。

五五路が突き当たったところで、園を取り巻く中化街を左折して、三百メートルほど回り込んだところに、なんなく正門が見つかった。三十二年前は「魯迅公園」と呼ばれていたらしいが、「大連自然植物園」と刻んだ石碑がある。入場は無料のようである。付近に人影はなく、掲示板の指示に従って坂を下って行くと、まもなくかなりの人々でにぎわっている映松池（旧弥生ヶ池）のほとりに到達した。明浄池と違いここは釣りが許可されているようで、数名の太公望が糸を垂れている。ちょうど私が近づいたときに、ひとりの老人が中ぶりの鯉を釣り上げたところであった。池の規模は明浄池よりさらに一回り小さいが、遊歩者の数はこちらの方がずっと多かった。

私は詩人が東村山市の人造湖の畔に新居を求めた理由のひとつに、生まれふるさとの弥生ヶ池に多摩湖が多分に似通っていると感じた点を挙げていたことを思い出した。そのため か実を言うともう少し大きな湖かと思っていたのだが、これは例えば周囲三六〇メートルという奈良の猿沢池ほどの、親しみやすい人工池であった。私にも思い当たるところがあるが、幼少時の記憶のなかの風景は現実よりも拡大して見えるものである。

池の周りには柳やポプラのほかに、多数のアカシヤの高木が繁茂している。日当たりのよいところではまさに満開であるが、多くはやはり七分か八分の咲きであった。ベンチに坐って水面から渡る風にそよぐ数本のアカシヤを少し距離をおいて眺めていると、いかにも控えめな花であると思う。咲き誇るという感じではない。ややもすると緑の葉叢にまぎれてしまいそうな慎ましさである。しかし近くに寄ってみると、一房ごとに精一杯に咲いているその姿は清楚であると同時に、芳醇な香を放つエロスの饗宴への誘いでもあった。牽強付会になるかもしれないが、清岡の作品にしばしば描かれる、あの抑制されたエロティシズムの秘密は、このあたりに隠されているのではないかとさえ思った。

池の西南には小高い丘が見え、展望台が姿を現わしている。あれが南山であろう。そこまで登れば遠く渤海や黄海が望めるかもしれないと思ったが、午後の予定があるので思いとどまった。紫や黄の菖蒲や紅い蓮の咲いている、何となく日本風にしつらえてある池の一隅を眺めてから、ひとりで太極拳をする老人や、テープレコーダーの音楽に合わせて踊る数十人の女性たちのグループの脇を通り抜けて、正門とは反対側の出入り口から園外に出た。道路標識を見るとそこは望海街と風景街が交わるところで、小さな青空市場の賑わいがあった。そのまま東進すると、いつのまにか再び風景小学の前に出ていた。朝陽街を三八広場の方へしばらく歩いたところでようやくタクシーを拾うことができた。ホテルに帰って軽食を摂ってから、小一時間ほど昼寝をした。

午後三時にSさんがホテルのロビーに迎えに来てくれた。私が予約した専用車による四時間の観光コースは、『大連小景集』の最終章「大連の海辺で」に点描されている、海岸沿いの「浜海路」をめぐるものだった。四十代後半と思われる運転手は寡黙な人だったが、片言で「ニーハオ」と挨拶すると、ちょっとだけ微笑んでうなずいた。このドライブは半ば予想していたとはいえ、詩人のセンチメンタル・ジャーニーを彷彿とさせるものではなかった。ひとことで言ってしまえば、詩人再訪後の三十二年間における「開発」が、いかに凄まじいものであったかを、思い知らされる四時間であった。

車はまず中山広場から魯迅路を東に向かって市街地を抜け、今朝、私が歩いた朝陽街を南に下って、植物園を南に見るあたりから中南路というよく整備された幹線道路に入った。ここから先は詩人が三十二年前にたどったのと同じコースだ。

《この長い道路をまっすぐたどって行くと、市区東南の海岸である老虎灘に通じている。昔はこの道路を老虎灘への裏街道と呼んだものだが、その両側はほとんど山の裾の野原や小高い丘ばかりで、人家といえば、今述べたばかりの岩石切り出しの現場にあったものと、街道なかほどの東側にあった小さな村落の唐家屯のものと、西側にあった一二三《ひふみ》牧場のものぐらいであった。現在は、人家はやはりきわめて少ないが、行手に工場がいくつか見えてきた。聞くと、工学メーターの工場や無線電信電話の工場であるという。》

詩人の車はやがて、市区の東にあたる棒棰《ぼうすい》島の海浜をめざして、この幹線道路を左折して支線に入る。私もこれに倣って、なだらかな登り坂である同じ路を選んだ。数分後、車は再びよく整備された道路に入り、そのまましばらく行くとやがて大小さまざまなホテルの群れが見えてきた。Sさんによれば、棒棰島風景区は、中国人要人御用達の避暑地だそうである。ゴルフ場や海水浴場、ホテル等がいくつもあるとのこと。詩人もまたこの事実を見逃さず、これらの「ホテルの一つに周恩来総理も泊まったことがあるという」と記している。文化大革命の収拾と日中国交正常化に果たした周恩来の役割は、歴史的に見て小さくはない。『芸術的な握手』においても、清岡のこの政治家への評価はきわめて好意的である。

しかしこのとき清岡の心をなによりもつよく動かしたのは、海浜にいたるまでのこの行程で目撃した、ある樹木の連なりだった。

《驚いたのは、両側にアカシヤ並木がつづいたことだ。これもまた予想を超える快さであった。白い花房が垂れ、あの甘く、爽やかで、悩ましい匂いが漂う時節には、すばらしいコースになるだろうと思われた。》

清岡の二度にわたる訪中はいずれも初冬のころであった。三十四年ぶりの大連再訪時にも、詩人は満開のアカシヤの花の香に酔うことはなかった。現実のものとして眼の前に確認することが出来ないからこそ、詩人の心の飢えは激しく想像力と懐旧の思いを掻き立てたのであろう。私は詩人が見ることの出来なかったすばらしい光景を目の当たりにしながら、「そこにないものを見る」芸術家の力と記憶の役割について考えずにはいられなかった。

駐車場で車を降りて、テラスから海を眺める。空には薄い雲がかかっていて、海は紺碧というよりは少し灰色がかったダークブルーであったが、それでも大連が空と海に向かって開かれた街であることを、改めて実感させられた。眼の前に遠浅で金色の砂浜が広々と続く。夏場は多くの海水浴の客でにぎわうことだろう。

沖合六百メートルほど先に、この地区の名前の由来となった島が浮かんでいるのが見える。詩人の説明によれば、「棒棰とは、昔風の洗濯における叩き棒のことで、握るところが細く、叩きつけるところが太い。海岸から見える島の形が、その棒を横たえた形に似ている」(「大連の海辺で」)という。

振り返って陸地の方を見ると、九棟の棒棰島賓館をはじめ、いくつもの立派なホテルがひしめいている。ゆたかな自然に対峙するこうした人工の景観は、その後もずっとこのドライブの間中、ほとんど切れ目なく続いた。ここで、三十四年の歳月を経た時点で、再び大連の海浜をめぐるに当たって、詩人が抱いた複雑な思いの一端を、垣間見ておくことも無駄ではないだろう。

《幼少年時代に遠足、海水浴、魚釣りなどで親しんだ海辺のうちから、私は大連市区の東、東南、西南にそれぞれあたる棒棰島海浜、老虎灘、星海公園を選んだ。これらの自然の風光は私にとって、懐かしいというだけのものではなく、滞在中に予想される異常な緊張から、しばしの解放をあたえてくれるはずのものであった。

というのは、私は大連の土をふたたび踏むことを熱く望みながら、同時に深く怖れてもいたのだ。まるで自分を実験しに行くような気持ち……。個人的な感傷旅行と、自国の昔の侵略の反省と、他国の今の現実の認識、これらの三つがきびしくかかわりあうことが前もってわかっていた。心の手術を受けに行くような感じでもある。どこかに、それら三つの関係から遠い安らぎが少しはなければならなかった。》

日中の国交が正常化されてからまだ日も浅いこのころの大連への単身での旅行は、招待の枠内でオプションとして好意的に設定されたものであったとはいえ、やはり植民者二世の清岡にはそれなりの緊張を強いたのであろう。今や幻のものとなってしまった「生まれふるさと」に「帰省」した清岡の思いは、手放しの喜びなどではあり得ず、屈折を伴う複雑なものであったであろうことは、このくだりからも充分に見てとれる。ここにもまたあの「わが罪は青　その翼空にかなしむ」の一行が、こだましていなかったという保証はどこにもないはずである。

私の車はこのあと黄海を望む浜海東路を二十分ほど走って、老虎灘海洋公園に到着した。案内されたのは、この地名の由来を視覚化して物語る巨大な猛虎の石像の前だった。白く輝いているところをみるとまだ真新しいのであろう。三十二年前はもちろん存在していなかったはずである。清岡によれば、これにまつわる伝説は次のようなものであった。「大昔この海岸の洞穴に猛虎が棲み、漁民を襲ったので、ある青年が猛虎の牙を叩き落とし、頭を半分切り落としたが、自分も殺された。今日、猛虎の切り残された頭は、断崖絶壁を海に突き出す岸辺の丘となっている。そして、青年の死体は、東隣りの海面に横臥する石槽山になっている」(「大連の海辺で」)。あたりを見回すと、公園整備のための工事現場を覆い隠すためか、三方に巨大な遮蔽のボードが張り巡らせてあって、肝心の「岸辺の丘」も「海面に横臥する石槽山」も、垣間見ることすらかなわなかった。

私はいわゆる文学探訪といったものをあまり好まない。作家の創作に霊感を与えた「現場の魔力」というものには、それなりに充分な根拠があることを認めるが、観光地として整備された文学者ゆかりの名所や旧跡には、たぶんに警戒心を抱いているからである。とりわけ自然の破壊ということになると、近年はほとんど眼を覆いたくなるほどである。

ランボーのふるさとシャルルヴィルへは、正確に数えたわけではないが、少なくとも十数回は行っている。初めて訪れたのは一九六九年の初冬だったが、彼の地の町並みも周囲の自然も、詩人没後八十年近く経っていたにもかかわらず、それほど大きな変容は見られなかったはずである。詩人が「酔っぱらった船」を夢想したムーズ川の岸辺も郊外に連なるアルデンヌの森も、ほとんど手つかずのままに残されていた。しかし二十一世紀に入ってからは、観光地として整備されるのに伴い、その変貌にはやはりいちじるしいものがある。もはや想像力を抜きにしては「現場の魔力」に接することは不可能に近い。

せんのないことでSさんに不平をならすことは控えて、引き続き海沿いに浜海路を西に向かってもらうことにした。左に黄海、右に緑ゆたかな丘陵地、この両者の間を行くドライブウェーは、全長約三十キロで、大連港の東端から星海公園まで通じている。北路、東路、中路、西路の四つに区分されていて、いま走っているのはその中路である。右側の山林にはしばしばアカシヤが認められ、いずれもほぼ満開に近い。

傅《ふ》家庄《かしよう》風景区にさしかかったあたりには、清岡が校歌の作詩を依頼された大連日本人学校がある。一九九六年に團伊久磨の作曲によって完成したこの校歌は、大連の春夏秋冬を詠み込んだもので、たとえば一番は、「青空が春の光に深く澄み／桃　桜　リラ　アカシヤの花が咲き／私たちの胸はおどる」で始まり、「新しく学んで遊べ／ここ　躍進の現代の都市」とこれを受けたあと、「大連　大連日本人学校」のリフレインで締めくくっている。風光明媚な自然への愛と友好親善の都市としての発展を祈る詩人の思いが、素直にそして切実に込められたものと言えよう。

傅家庄から星海公園にいたる陸側には、巨大なホテルの群れが林立している。なかでも堅固な要塞を思わせるような酒店（ホテル）がひとつ、ひときわ威をはらって丘の上に屹立している。その名も大連城堡豪貨精選酒店。Sさんによれば、外国人ではなく国内の要人や富裕層が利用するのだという。この点について彼女は多くを語りたがらないように見受けられた。

星海公園は、かつて日本統治下の一九〇九年に「星ヶ浦公園」として創設されたものが基礎になっているはずであるが、もはや往時の面影はほとんど残されていないのだろう。とりわけその東部の星海広場は、現代中国の繁栄を誇示する象徴的なトポスになっているようだ。総面積百十万平方メートルは、アジア最大の広場で、国際見本市などもここで開かれるという。周囲にはホテルのほか博物館や病院などの施設も多数ある。

公園の端からほんの少し旅順の方向へ走ったところに、かつて日本人の富裕層が別荘を構えた黒石礁がある。二つの大学があって、学生街でもあるはずだが、新旧の建物が混在するちょっと不思議な空間である。もう少し閑静な保養地かと思ったのは、見込み違いであった。そこからもう一度、星海公園の浜辺へと引き返してもらった。遠浅の波打ち際には、数十人の人々が裸足で戯れている姿があった。広い砂浜の左の端にちょっとした岩礁があって、そこでわかめのような海藻を採っている人々が数人いた。しかし私を驚かせたのは、この入り江をまたぐ巨大なブリッジが、海の視界を遮っていることだった。思わずSさんに「残念ですね」と言わずにはいられなかった。一年前に建設が始まったばかりで、彼女もこれを見るのは今日が初めてだという。「便利になるのですから、いいんじゃないですか」との、つぶやくような答えが返ってきた。横浜のベイブリッジそのままのこの橋は、のちにホテルでもらった観光地図で調べたら、「大連星海湾跨海大橋」の名がついていた。

浜辺で夕日を眺めてから都心へ引き返す、というのが当初の私の要望した日程であったが、西方に林立するビルに遮られて、沈みかけた日の行方を追うことすらかなわなかった。浜辺をまぢかに見渡す売店のベンチで、飲み物の瓶を手にしながら、四歳の女の子を持つSさんと、仕事のこと、養育のこと、中国の一人っ子政策などについて、とりとめのない話をした。私も四歳の孫娘の話をしてこれに応じた。岩礁のところまで降りて海水と戯れるという気持は、なぜかこのころには完全に萎えていた。

六時半になり、帰路につくことにする。携帯電話で連絡を受けていた運転手が、公園の入口で待ってくれていた。そこから都心へは、そのまま長い中山路を北東方向に一直線に進めば、中山広場に通じる。この円形広場がいまも大連の交通の要であることを納得する。帰路につく際に私が出した唯一の注文は、途中アカシヤ並木で有名な正仁街（別名槐花大道）を通ってほしい、ということだった。十五分ほど走ったところで車は直角に右に回った。左右に明るい黄緑の葉を豊かに繁らせたアカシヤの木々が、葡萄の房のように垂れ下がった白い花をびっしりと咲かせている。それは見事としか言いようのない景観だった。中山路と平行して東西に走る高爾基路までのおよそ一キロが、あっという間だった。

名残惜しく、車を降りてほんの十分ほど後戻りの散歩をさせてもらった。数本のアカシヤに無数の小さな鳥たちが群がっている。羽根の色は雀によく似ているが体長四、五センチの小鳥である。蜂鳥もしくは蜂雀の類いではないかと思ったが、確かなことはわからない。ただ彼らがアカシヤの蜜を吸っていることには疑いがなかった。フランス・カタロニアのある港町で暮らしていたとき、日曜ごとの朝市で、ピレネーの高地で採取されたアカシヤの蜂蜜を買い求めたことを思い出した。ほどよい甘さと芳醇な香りが好きだった。終りよければすべてよし。四時間のドライブはこうして幕を閉じた。

三日目は、清岡卓行ゆかりの場所をピンポイントで訪ねて回った。かつて伏見台と呼ばれた市街西部の高台に残る瀟洒な煉瓦造りの校舎は、清岡の母校である旧大連一中であるが、今は大連理工大学の一部として使用されている。また労働公園の近く、解放路に面したところには、旧春日小学校(敗戦後の一時期、大連日僑学校が使用して、清岡はここで中学生に英語や国語を教えた)が、ほぼそのまま残っていて、大連二十四中学という名門校の図書館として利用されている。ちなみに「中学」は日本の高校に当たる。いずれも傷みがひどく、修復の跡もほとんど見られないことから、先行きには不安が残る。歴史的な記念建造物として残してほしいと思った。

大連駅も基本的には八十年前とほとんど変っていないだろうと思われた。ただし駅の構内は、テロ対策なのであろうか、厳重な荷物検査があり、乗車券を持たない者の入場は禁じられていた。駅舎のフロアは二層構造の上階になっているので、入口付近の端から下をのぞくと、果物や肉や魚を商う物売りの露天が並ぶ青空市でにぎわっていた。大連港は、大型フェリーや建造物のため、埠頭を見渡すことは困難だった。港めぐりの船にでも乗ればよかったのであろうが、その時間がなかった。連鎖街、天津街、ロシヤ人街、青泥窪橋《チンニーワ》界隈などには、時代を超えて息づく人々の活発な暮らしがあった。しかしそれらの庶民的な街を取り巻く都市の景観は、林立する高層ビルや建設途上の工事現場などによって、ほとんど無秩序と言ってよいものになっていた。

青泥窪橋に近い久光百貨店六階の欧風カフェで一休みしたあと、地下の食品売り場をのぞいて日本の食品がほとんどを占めていることに一驚した。ビジネスで大連に住む日本人も少なくないと聞いたが、しかし不思議なことに四日間の滞在中、ひとりの日本人観光客とも出会わなかった。かつては旧清岡邸の前に観光バスが止まり、ガイドが日本語で『アカシヤの大連』の著者の説明をしたという。時局と流行の移り変りには歯止めがきかない。

清岡が見たあの「泣きたいほど青い空」には、四日間の滞在中いちどもお目にかかることが出来なかった。数ヶ月後、抗日七十周年を祝う北京の「パレード・ブルー」をテレビの映像で見たとき、大気汚染や公害問題が大連にまで及んでいることを確信した。もっとも半世紀前の日本の都市の公害と、無秩序な開発にともなう自然破壊を見てきた者に、そのことで不平をならす権利などあるはずもないのではあるが。

最終日の午前中は、大連滞在中の清岡の宿舎であった南山賓館を訪れたあと、もう一度植物園内の映松池とその横にある桜花林を散策した。詩人の生まれふるさとにもっとも近づけたと思ったのは、やはりこの池のほとりだった。

こうして私の短い大連紀行は終りをとげた。かつての華やかな植民地都市は、大連賓館で求めた絵はがきのセピア色のように、時の流れとともに急速に色あせて行く気配がした。しかし清岡が『大連小説全集』上下二巻に描いた大連は、決して色あせることはないだろう。文学の力というものを今さらのように感じながら、京都に舞い戻ったのである。

第八章　パリ

清岡卓行が引き揚げ後、二十八年ぶりに中国を訪れたのは、すでにふれたように、一九七六年十一月のことであった。二年後にその十七日間の旅行に取材した長大な中国紀行『芸術的な握手』が刊行された。ちょうどそのころのことであったと記憶する。「いつか中国大陸を舞台にした長篇小説を書きますよ。私の『風とともに去りぬ』になるかもしれません」、そんなことばを当のご本人から確かに聞いたのである。年に一度まるで定期便のように多摩湖の自宅に押しかけてくる二十歳も年の離れた後輩に、たぶん心を許して打ち明けられたのであろうこの予告は、文字通りには実現されなかったが、しかし別の形をとって実現されたとも言える。

この予告の変更に大きな影響を与えたのは、やはりなんと言っても、一九八二年十一月における二回目の訪中の際、上海、北京、済南、淄博、鄭州、洛陽を、日中文化交流協会代表団の一員としてほかのメンバーとともにまわったあと、四泊五日の日程で単身大連を三十四年ぶりに訪ねたことである。これ以後数年間、いわゆる「大連」ものが集中して書かれる。『大連小景集』（一九八三）と『大連港で』（一九八七）を中心として、のちに〈「アカシヤの大連」五部作〉と併せて、『清岡卓行大連小説全集』上下二巻（一九九二）に集大成される一連の作品である。

これらは、実在と不在の狭間に立たされた作者が、「不在への歌」から「原形復元の夢」へと、大きく舵を切ったことを物語っている。「記憶の宝庫」であった大連の土をたとえ短期間であったとしても、思いがけず実際に踏むことによって、清岡の筆は、「アカシヤの大連」の詩情にあふれた断章形式による回想の手法とは異なって、より構築的に生まれふるさとを描きだすことに向けられた。記憶をより確かなものとするために、満州における日本の植民者にかかわる史実はもとより、大連の都市建設の歴史や、当時の社会的な背景などにも、充分な目配りをしながら、「生きられた現実」の復元を目指したのである。ただしその試みが、実は見果てぬ夢であったことを一番よく知っていたのは、作者本人であっただろう。言葉は実在に取って代わることは出来ないし、その逆もまた真であろう。

残念ながら『風とともに去りぬ』のような長篇はついに書かれなかったが、中国を舞台とする虚構の長篇という点でならば、『李杜の国で』（一九八六）を忘れてはなるまい。この作品は朝日新聞に一九〇回にわたって掲載された連載小説で、挿絵は安野光雅が担当した。新聞掲載時に作者自身の筆によって適時添えられた「あらすじ」を綴り合わせれば、以下のような物語である。

「日本の詩人団七名が訪中し、北京、西安、洛陽、ふたたび北京、杭州、紹興、蘇州と巡る。中国の古典詩と現代詩を鑑賞し、北京ダックや餃子も味わった。一行にはかつて同棲して別れた評論家菊池大輔と詩人遠山起美子がいるが、周囲は事情を知らない。彼は早くから愛を甦らせているが、やがて彼女にもその気配が生じてくる。旅の終焉は二人の新生の始まりとなるだろうか」。

この小説は、『花の躁鬱』、『薔薇ぐるい』に続く恋愛三部作の最後を締めくくる作品である。主人公となる男女の年齢も職業もそれぞれ異なるが、共通するのは、主人公二人の愛のゆくえをもっとも重要な縦糸にして物語が紡がれていることである。異なるのは、前二者がともに愛の断念に終るのに対して、第三作は離別のあとの復縁という幸福な結末が用意されている点である。中国大陸を舞台として繰り広げられる人間模様が、唐代の詩や中華料理についての蘊蓄、そして野球談義などによって、多彩に彩られながら描かれるのも新しい魅力だろう。

考えてみれば『風とともに去りぬ』の主要テーマは、もちろん戦争と愛であろうが、それとともに郷里タラの土へのヒロイン・スカーレットの深い思いである。詩人団一行のような、通りすがりの旅行者が抱く異国趣味とは無縁の世界であろう。言うまでもなく作者である清岡のふるさとは、心の郷里ではあっても現実の郷里ではない。あくまでも他国の領土の一部にほかならないのである。日本の帝国主義と植民地主義を抜きにして語ることの出来ない、この複雑な思いをバックに一大長篇を描ききることは、やはり至難の技であったのかもしれない。

しかし清岡はその後、中国大陸ではなくヨーロッパを舞台にして、数十名の芸術家たちが出会い、友情をはぐくみ、愛と別れを繰り返したりしながら、彼らの独創的な芸術をダイナミックに生み出してゆく様子を、渾身の力を振り絞って壮大な愛と芸術の交響詩に織りなしたのである。

『マロニエの花が言った』は、四百字詰め原稿用紙二八一九枚の長篇である。二十世紀前半の二つの大戦をはさむ期間を、おもにパリを舞台にして描いたこの大河作品について考える前に、清岡とフランスおよびパリとの関係について、簡略に振り返っておきたい。

清岡は一九六四年にセ・リーグを辞し、法政大学のフランス語担当の専任教員として転職、以後十六年間そこに勤務した。定年を前に法大を辞して文筆に専念するのは、一九八〇年三月のことであった。私自身かつて関西の私立大学に十三年間勤務したときに見聞きしたことからの推測で言うのであるが、一定期間勤務した専任教員がいわゆるサバティカル（休暇制度）を利用して海外での研修を積む権利は、法大でも当然認められていたであろう。さらに戦中戦後の日本と諸外国との往来の困難により、中年を過ぎるまで彼の地を踏むことのなかったフランス語教員を、フランス政府が数ヶ月間招聘するという制度もあった。しかし清岡はこれらの機会を利用して、フランスを訪れることをしなかった。

考えられる理由は、言うまでもなく、一九六八年七月に真知夫人を喪い、翌年四月からの一年間、同じサバティカルでも、いわゆる「国内留学」の恩恵にあずかることになったことであろう。この間のいきさつについては、雑誌「群像」に発表された小説「ある日の国内留学」（のち『鯨もいる秋の空』と改題して一九七二年に出版）にくわしい。小説の第一作「朝の悲しみ」と第二作「アカシヤの大連」は、ともにこの「休暇」の期間に書き上げられ、その結果小説家清岡が誕生したのであるから、私たちはこれを喜ばなければならないだろう。しかしこれにより清岡が、フランスの地を踏む機会は遠のいただろう。もちろんその後もサバティカルを要求する権利はあったはずであるが、彼は執筆活動を最優先にしながら、同時に教師としての本務と家庭をも大切にする人であったから、そのような選択は考慮の外にあったのではないだろうか。

この結果、清岡卓行が最初にして最後のパリ訪問を果たしたのは、一九八七年五月、満六十五歳の誕生日を迎える一ヶ月ほど前のことであった。ポンピドー・センターで行なわれた「日本現代文学シンポジウム」に、六名の日本側発言者のひとりとして出席するためであった。清岡いがいの参加者は、井上靖、佐伯彰一、大岡信、大江健三郎、石井晴一の五氏であった。この場で清岡が行なった小講演「日本現代詩にあらわれたルナルディスム」は、彼の第十二詩集となる『パリの五月に』（一九九一）の巻末に収録されている（のちに随筆集『郊外の小さな駅』（一九九六）にも採録）。

この詩集の「あとがき」には、思いがけなくもパリの土を踏むにいたった経緯が、率直かつ簡潔に記されている。

《青春前期に熱く憧れたパリでしたが、十代末から三十代末にかけては、戦争、戦後の引き揚げ、生活の困難、海外旅行と縁のない勤務によって、また、四十代初めから五十代末にかけては、大学でフランス語の教師をしながら、家庭のさまざまな事情によって、パリに出かけることはできず、さらに、五十代末からは文筆に専念するようになって、いまさらという億劫な気持ちになり、自分にはパリの空気を吸うことが一生なさそうだと思うようになっていました。ところが、日仏

文化交流の仕事の関係から、ある義務感をもったため、六十代に入りながらこのシンポジウムに加わることになったのです。》

「日仏文化交流の仕事」にかかわって「ある義務感をもった」と述べられている点について、ここで私の知るかぎり少し補足的な説明を加えておきたい。小西国際交流財団の支援により、日本の現代文学をフランス語圏に紹介することを目的とする事業が推進され始めたのは、一九八〇年代初頭であった。具体的には、明治の中期から昭和四十五年あたりまでの日本の文学を総観できるようにと、精選した短篇小説と詩を三冊のアンソロジー（小説は上下二巻、詩は一巻）として編み、翻訳をフランス語圏のすぐれた日本文学研究者ないし翻訳者に依頼して、ガリマール書店から刊行する、というものであった。清岡は井上靖、大岡信とともに、詩の部門の責任編集者として、この骨の折れる事業のために尽力した。

この計画が具体化する少し前、一九八一年五月末ごろであったと記憶するが、私はフランス人の友人イヴ・マリ・アリューをともなって清岡家を訪問した。前年四月に関西学院大学の文学部から京都大学の人文科学研究所に移ったばかりの私は、京大教養部（旧制）の招聘外国人教師であったアリューと知り合い親しくなった。彼は『爪長のかうもり』（一九六二）の詩人でフランス文学者の大槻鉄男に師事し、大槻訳による『日本詩を読む』を一九七九年に白水社から刊行して好評を博したが、同書の刊行直前にとつぜん大槻を喪うという悲運に見舞われていた。

アリューを清岡家に同道したのは、以下のような事情があったからである。白水社の雑誌「ふらんす」にその年の四月から一年間の予定で「戦後詩を読む」という連載が始まっており、選ばれた十二篇の作品のなかに清岡の「思い出してはいけない」が入っていたのである。このシリーズは、アリューの仏訳に評釈と注を添えたものからなり、評釈本文と原注の和訳、そして訳注は宇佐美が担当した。ちなみにそのラインナップを掲載順に記すと、金子光晴「赤身の詩」、鮎川信夫「風景」、田村隆一「四千の日と夜」、黒田三郎「賭け」、吉本隆明「涙が涸れる」、清岡「思い出してはいけない」、安東次男「氷柱」、飯島耕一「他人の空」、谷川俊太郎「鳥羽3」、大岡信「さむい夜明け」、富岡多恵子「カリスマのカシの木」、小野十三郎「明日」、以上の十二篇である。

この日の訪問は清岡につよい印象を残したようである。その年の「新潮」十一月号にさっそく「アリューさん」というエッセーを書いている（のち随筆集『別れも淡し』〔一九八六〕に収録）。

《私の家の玄関に現れたとき、二人はすでに陽気な酒に酔っているようであった。私はアリュー氏の巨体に感心した。身長一九〇センチほどで、いくらか肥満している。これは後で聞いた話だが、十年ほど前に初めて来日して京都の日仏学院（引用者注＝関西日仏学館）の先生になったときは、アラン・ドロンに似ていると言われ、その後一度帰国し、七年ほど前に再び来日して京大教養部の先生になったときは、ヘンリー・キッシンジャーに似ていると言われたという。アリュー氏は以前のことは知らないが、現在は眼鏡をかけている。》

こうした外観よりさらにつよい印象を清岡に与えたのは、アリューの音楽に対する親しみと深い理解だった。

《三人でいきなり賑やかな酒と話になったので、（といっても私は酒を飲まないので、お茶を飲んでいた）、途中どういうきっかけでヨーロッパの古典音楽の話になったのか、うまく思いだせないが、アリュー氏が不意に、パブロ・カザルスのチェロがすばらしかったと言いだしたのに、私は驚いた。戦後に生まれた若いフランス人に、カザルスを愛する人がいるとは！　プラードであったかペルピニヤンであったか、とにかくある音楽祭で、晩年のカザルスのチェロに感嘆したというのである。アリュー氏の幼少年時代における忘れられない出来事なのだろう。》

カザルスがその音楽祭で、自身が編曲したカタロニアの民謡「鳥の歌」を弾いたのではないか、とただちに推測した清岡は、レコード・キャビネットから一枚のレコードを取り出し、プレーヤーにかけた。

《今度はアリュー氏が驚いた。日本の戦後詩人がこんなディスクを持っているとは！　と思ったのだろうか。彼は喜びを全身に現してチェロを弾く真似をはじめた。とにかく巨体であるから、弓を引きしぼった長い右手の先が、ソファの右隣りに坐っている宇佐美氏の鼻の先に触れそうになる。宇佐美氏が少し逃げて坐り直すと、アリュー氏の右手はさらに長くなる……。この様子を見て、私と家内と息子は笑わずにいられなかった。》

三十四年前の一夕があざやかに甦ってくる。このころアリューと私はよく京都で酒を飲んだ。当時、私は三十八歳、五歳年少のアリューは三十三歳であったはずである。酒友としてはとても私などの太刀打ちができる相手ではなかったが、芸術の理解に欠かせない繊細な感受性にめぐまれていると同時に、ゴーロワ人特有の諧謔と諷刺の精神の持ち主であり、ときに酔うと痛烈なからかいの精神を発揮することがあった。カザルスの話は以前にも聞いた覚えがあったが、この夜の私は二人の主役をもり立てる道化であった。

《この人は詩がわかる、と私は思った。こうした言いかたは僭越であるかもしれない。私の立場からするとき、この人の詩情に深く共感することができる、とでも言い直すべきだろう。とにかくその少し前に彼は、吉本隆明の詩がとても好きで、詩作品「涙が涸れる」を訳すとき、「バラ色の私鉄の切符」という語句を、《le ticket rose d'une ligne de banlieue》（郊外線のバラ色の切符）としたが、パリの郊外ではたまたまその通りの色なのだ、と楽しそうに語っていたのである。それで同時にカザルスがとても好きならば、よろしい、この人は詩がわかる、と私の電算機は答えをはじきだすのである。》

以上が、フランス語版『日本現代詩選』誕生のプレリュードとなる逸話である。この一冊のアンソロジーの出版のために、貴重な執筆時間を割いて尽力したことが、結果として清岡をパリへと導いたことになるわけである。

一九八六年にガリマール書店から刊行された『日本現代詩選』*Anthologie de poésie japonaise contemporaine*（井上靖、清岡卓行、大岡信共編、一九八九年改訂新版）について、以下、簡略に補足しておきたい。本書は、一八八三年生まれの高村光太郎から一九三八年生まれの清水哲男やその翌年に生まれた吉増剛造にいたる、総勢九十人の詩人の作品を収める。明治、大正、昭和三代にわたるが、要は二十世紀の日本詩をパノラマ的に紹介するという画期的な試みである。フランスを中心とするヨーロッパにおいて、すでに十九世紀後半のジャポニスムの時代から異国趣味的な魅惑の光芒を放っていた和歌や俳句のような古典詩歌への関心に比べると、明治の新体詩に始まる日本の近代詩・現代詩は、その存在の認知すらなされていない、というのが実情であった。本書の出版は、フランスにおける日本詩受容のこのような偏りを是正する意味でも、貴重な礎石となることが期待される試みであった。（なおこれと連動して、『現代日本文学短篇選集』上下二巻が、ほぼ同時期にガリマール書店より刊行された。）

アリューは、この詩選集の翻訳者数名のうちの中心人物として、清岡の詩篇「石膏」「引き揚げ者たちの海」を含む多数の作品を分担した。井上・清岡・大岡の連名で執筆された「序文」（実質は清岡の執筆）の翻訳もアリューが手がけた。私は「校閲者」の名のもとに、アリューの翻訳作業の相談相手として、微力ながらこの仕事に貢献できたことを、いまでも誇りにも思っているし、また懐かしい思い出として大切に思ってもいる。

この詩選集については、残念ながらどうしてもつけ加えておかなければならないことがひとつある。アリューとともに重要な部分を受け持った、もうひとりの別の翻訳者の仕事に、一次読み取りの不備による信じがたい誤訳が少なからず見つかったことである。三年後に、改訂新版が刊行されたのはこのためである。

この清岡家訪問の二、三年後、アリューは母国フランスに帰り、リセの古典語古典文学教授、ストラスブール大学助教授等を経て、トゥールーズ・ル・ミラィユ大学日本学科で十数年間にわたって教鞭をとったのち、現在は退職して自由な研究と執筆の活動を続けている。『日本現代詩選』以後の仕事をひとつだけ挙げれば、二〇〇五年秋に、中原中也の全体像をフランス語圏の人々に紹介することをめざして、質量ともに堂々たる内容のフランス語訳個人選集を、フィリップ・ピキエ書店から刊行している。これは「中原中也の会」十周年の記念事業の一環でもあった。

さて、パリのポンピドー・センターでのシンポジウムに出席するために、清岡がパリに到着したのは一九八七年五月八日の夕刻であった。他のメンバーより少し早目に東京を発っていたのである。折しもその日は第二次世界大戦の戦勝記念日であった。シャンゼリゼー大通りでのパレードはとっくに終了していたが、ロン＝ポワンから宿泊先の高級ホテル（プラザ・アテネ）のあるモンテーニュ通りに入ったあたりで、いちはやく清岡を歓迎してくれたのは、もうすぐ白い花が満開を迎えようとするマロニエの並木だった。空港からのタクシーの車窓から眺めたその場の光景を、清岡は長篇『マロニエの花が言った』の序章でこんなふうにしなやかに描写している。

《日がややかげりはじめた明るさのなかで、私が生まれて初めて目にするマロニエの木はすべて白い花をたくさん咲かせている。こんな日にパリに到着するとは、なんという偶然だろう。私はかわるがわる左側と右側の車窓から、樹形もすっくと伸びて立派な並木に眼をやった。今までまったく知らなかったのに、なぜかなんとなく懐かしいような、ふしぎな美の空間、ふしぎな情緒の空間のなかに、それも能動的に入って行くのではなく、受動的に吸い込まれて行くような感じ

である。》

　およそ十日間の滞在中、六十五歳の誕生日を一ヶ月あまり先にひかえた詩人は、五感のすべてを解放して、パリの空気を吸い、太陽に酔い、文物に触れ、風景を楽しみ、そしてなによりも少年期から親しんだ映画や音楽や書物を通じて蓄積し醸成してきたフランス文化のエッセンスを、改めて確認して反芻するのである。重要なのは、「受動的に吸い込まれて行くような感じ」である。マロニエの花が親しく語りかけるのは、このような感性を持った詩人に対してであった。

　翌日の午後、清岡はさっそく散策に出かける。ホテルのあるモンテーニュ通りから円形交差路のロン＝ポワンに出て、これを左折するとシャンゼリゼー大通りの真正面に凱旋門が見える。言うまでもなく目標はこの記念碑をとりまくシャルル・ド・ゴール広場であった。

《五月九日午後三時ごろ。といっても夏時間なので、太陽はまだ空に高い。空はきれいに青く澄んでおり、風がときおり微かに吹いてくる。私はシャン＝ゼリゼ大通りから入って、時計回りとは逆の回りかたで、シャルル・ド・ゴール広場の周囲をゆっくり歩きはじめた》（「パリと大連」、小説集『蝶と海』所収）。

「時計回りとは逆の回りかた」にこだわるのは、大連の大広場を幾度となくめぐった、半世紀ほど前の少年時代からの習わしだろうか。パリのこの著名な観光名所は、一九六九年九月、私が初めて留学生としてフランスの土を踏んだころは、まだエトワール（星を意味する）広場と呼ばれていた。直径二四〇メートルの円形で、「収縮」と「膨張」を繰り返す通りは十二条、規模としては中山広場よりひとまわり大きい。

名称がシャルル・ド・ゴール広場に変ったのは、元大統領の死の数日後、すなわち一九七〇年十一月十三日のことであった。その前日、フランス北東部の小さな町コロンベー・レ・ドゥー・ゼグリーズで行なわれた葬儀の模様は、テレビやラジオでもくわしく報じられた。パリのノートルダム大聖堂には世界中から多数の国家元首が集まって哀悼の意を表したが、数十万のパリ市民はシャンゼリゼー大通りに蝟集して、四半世紀前のパリ解放を偲びながらド・ゴールへの感謝の気持ちを表した。二年前の五月革命の際に最大の標的にされた権力者は、今や国家の大恩人であった。広場の名称はしばらくの間、エトワールとシャルル・ド・ゴールの二つが併用されていたと記憶する。

このあたりの私の記憶は、ド・ゴールの葬儀の一週間後にミュンヘンへと旅立ったことによって、多分に錯綜している。滞在中の一週間は、昼間は新旧二つのピナコテーク（国立美術館）に通い、夜は『ニーベルングの指輪』全四部作の鑑賞に集中していた。とりわけ初めて接したワグナーの楽劇は、私の脳髄をすっかり幻惑しつくしていた。これに加えて、十一月二十五日における三島由紀夫の自決のニュースが、一日遅れで飛び込んできたのである。美術館の帰りであったと思うが、電車のなかで新聞を広げている数人の乗客が紙面を見ながら、なにやら「ヤーパン」ということばを交えながらしきりにささやいているので、思わず彼らの新聞をのぞき見ると、三島の映画「憂国」のスチール写真とともにHARAKIRIの文字が大きく躍っていた。中央駅でル・モンド紙を手に入れた私は、近くの安ホテルに戻って、初めて事態の推移をくわしく知ることが出来たのであった。

私にとって一九七〇年は、清岡の芥川賞受賞、ド・ゴールの死、そして三島の自決、この三つの事件によって他の年と識別される。それにもかかわらず記憶が錯綜していると言ったのは、前年における長女の出生、妹の急死、そして初めての渡仏といった、私の二十代後半におけるもっとも波乱にみちた出来事が、相次いで起こっているからである。公式的に記録される出来事と個人の内面に影響を及ぼす出来事との間には、しばしば測りしれない溝が生じる。

エトワール広場の改名の話題から思わず余談に及んでしまったが、話をふたたび一九八七年五月のシャルル・ド・ゴール広場に戻そう。清岡はシャンゼリゼー大通りを直進して凱旋門に達し、これをとりまく円周路をたどり始める。十二条の通りによって分断された遊歩道を進むのであるから、途中で幾度か信号によって遮られたはずである。それにしても、連日、数えきれないほどの観光客が訪れる名所とはいえ、こんなふうに円周路を歩く人はそう多くはいないだろう。詩人がこの散策に思わずしらず鋭敏な観察眼をもって臨み、それによって固有の深い感慨を抱いたであろうことは想像に難くない。

詩集『パリの五月に』から、この散策に取材した散文詩「シャルル・ド・ゴール広場」の末尾を引用してみよう。詩人は記憶のなかの大広場（現在の中山広場）を眼前のシャルル・ド・ゴール広場と具体的に対照させてみたあと、次のようにこの作品を締めくくっている。

しかし、やがて、わたしの背筋に感動が走った。それは、大きな円周を描くようにして歩きながら、シャルル・ド・ゴール広場を半分ほど巡ったころである。

わたしは時計回りとは逆の回りかたをしていたから、歩く方向がきわめて微かな度合いではあるが、絶えず左のほうへと転じられていた。足首や足の裏にときにごくわずかな違和が感じられるその歩きかたに、体全体がようやくなじんだころ、少年の日に大広場をやはり大きな円周を描くようにしてよく歩き巡っていたことが、ありありと思いだされてきたのである。

おお、この歩行感覚は、まったく同じではないか！

六十代のわたしと十代のわたしが不意に重なった。

そのときである、わたしがパリの土を愛しはじめたのは。

清岡がパリを内在化するひとつの重大な契機が、ここに明かされているだろう。先に引用した短篇「パリと大連」でも、このほかにもさまざまな類似と相違にかかわる記憶が呼び戻され、これにあらたに新鮮な思いのともなった別の観察が付け加わる。なかでもこの作品の核となるエピソードは以下のようなものである。凱旋門をとりまく円周路に面して遊歩道が設けられているが、これはもちろん先ほど述べたように十二条の大通りによって寸断されている。形状としては扇面を思い浮かべればよい。清岡はこれを「建物と広場のあいだの小さな平地」と仮に名づけているが、全部で十二箇所におよぶこれらの小さな遊歩道の街路樹に、その注意の眼をうばわれたのである。

《私は通りぬけようとしていた小さな木立の中で立ち止まり、まわりの落葉樹の群れを眺めた。なんという木かわからない。七メートル前後の高さだろうか。羽状複葉がアカシヤのそれに似ているが、はっきりちがうと私は感じる。やはり、その付け根のへんに刺がない。私は別の小さな平地を遠くからいくつか眺めてみた。傍らにある木と同じ木が多いが、プラタナスと白い花ざかりがみごとなマロニエも少しは混じっている。》

この謎の木の正体について、清岡は、あたかもシュルレアリストが通りすがりの女の無防備な顔の表情から暗合まじりのメッセージを受け取ったときのように、これを問いたださずには済まされないとまで思ったようである。

翌年の初春から数十日間、私はたまたま所用でパリに滞在する機会があった。そのころ清岡は雑誌「新潮」に『マロニエの花が言った』の長期連載を始めるための準備に余念がなかった。岡鹿之助がパリのコンサートで聴いたラヴェルやドビュッシーの曲目、そしてそれらの演奏の日時などについての調査に加え、あの謎の木の正体についても、出来れば調べておいてほしいと依頼されたのである。

詳細は「パリと大連」に述べられている。植物の名前に疎い私はまず現場へ出かけ、問題の木を自身の眼で確かめてみることにした。季節は復活祭まぢかの初春で、晴れた日の昼下がりであってもまだ肌寒い陽気だった。折しも凱旋門は修理の真最中で、共和国の旗にちなんだ青、白、赤三色の大きな幕で覆われていた。とりあえずシャンゼリゼーとマルソーふたつの大通りに挟まれた、「建物と広場のあいだの小さな平地」に立って、まわりの樹木を見渡すと、プラタナスとマロニエがちらほらと植えられてはいるものの、大半は葉がアカシヤによく似た七、八メートルほどの高木である。

私はかつてパリ南郊のパレゾーという小さな町に一年ほど住んだことがあり、その駅のまわりにアカシヤ（正式には大連と同じくニセアカシヤ）が数十本植えられていたことを思い出した。確かに葉の形はアカシヤに似ているが、その色はもっと濃い緑で、見た目にはもう少し肉厚な感じがする。手当たり次第、十人ほどの通りすがりの人にこの木の名前を尋ねてみたが、成果はなかった。幾人かの知人にも問い合わせてみたがわからなかったので、最後にパリ市庁の造園課に問い合わせてようやく答えを得ることが出来たのである。Sophora japonica、つまり「日本の槐《えんじゅ》」であった。

帰国してすぐに私が報告した内容を聞いた清岡は、驚きかつ深い感慨にふけったようである。

「パリと大連」は、以下のように淡々と締めくくられている。
《ざっとこのような話を電話で聞き、私はやはり驚いた。日本人として、私はなんと迂闊であったのだろう。大昔から日本の風土になじんでいる槐をどこかで見なれた人であったら、一目でわかったろうに。そして、そのことを通じてパリに深い親愛感を覚えたであろうに！　大連で生まれ育った私は、針槐《はりえんじゅ》（アカシヤ）についてはよく知っていたが、槐のことはまるで知らなかった。

京都からの電話のあとで、私はフランスのある百科事典を開いてみた。答えがわかると、今度は答えからなにか新しいことが見えてくるかもしれないからだ。日本の槐は一七四七年に種子の形で、パリの植物園、植物学者のベルナール・ド・ジュシウーのところに送られてきており、シャルル・ド・ゴール広場の周囲、またいろいろな通りや公園にも植えられていると出ていた。》

現在のパリは中国人など諸外国の観光客でにぎわっているが、一九八〇年代は銘柄のバッグやカメラを提げた日本人男女であふれかえっていた。凱旋門の見物に押し寄せたこれらの日本人のうち、一体どれほどの人がこの槐の並木に眼をとめたであろうか。私自身、調査を依頼されるまでは、まったくその木の存在には気づきさえしなかったのである。

詩人の直感とは恐ろしいものである。こうして大連とパリがひとつの樹木によってより緊密に結びつき、作家がパリを手もとに引き寄せて内在化させる契機となったのである。おそらくこのようなことが起こったのは、一度や二度のことではなかっただろう。たまたまこの場合は、私が現場近くに居合わせただけのことであるに違いない。

長篇『マロニエの花が言った』は、雑誌「新潮」の一九八九年一月号から一九九五年八月号まで、七十二回にわたって連載され、いったん休載したあと、一九九八年五月号に、「パリに結ぶ夢の深さ」(四七〇枚)を一挙に掲載して完結をみる。その後さらに全篇に加筆、推敲して、上下二巻が刊行されたのは翌年八月、実に十年の歳月をかけた畢生の大作である。

清岡夫人によって神奈川近代文学館に寄贈され、大切に保管されている清岡コレクションには、この長篇の自筆原稿のすべて(四百字詰め原稿用紙二八一九枚)が含まれている。ブルーのインクを用いた手書きで、枡目にきっちりと収まるように、楷書で一字一字を丁寧に刻み込んだ、美しい原稿である。著者が『マロニエの花が言った』にそそいだ膨大なエネルギーが、あの『夢のソナチネ』の一篇「青と白」の奇蹟のように、眼の前で無数の「青いインクの玉」となって舞うかのような幻惑にとらわれた。

『マロニエの花が言った』の表紙カヴァーには、二行に分かたれたこの表題の行間に、小さい活字でAINSI PARLAIENT LES FLEURS DE MARRONNIERとフランス語の訳が添えられている。フランス語圏の人間なら、この訳語からたやすくニーチェの代表作を連想するだろう。AINSI PARLAIT ZARATHOUSTRA(ツァラトゥストラかく語りき)。この文語訳を背後に重ねながら、より親しみのある口語的な表題を思いついたとき、この長篇の構想はほぼ出来上がっていたのではないだろうか。

ちなみにニーチェは、一高時代の清岡が、トーマス・マンとともに愛読した、ドイツ語圏の二大作家のひとりである。例えば「向陵時報」の一九四三年二月一日号に掲載された「文学に於ける文化建設的価値の擁護」（この論考については第一章ですでに言及した）には、こんな一節がある。《蜂が巣に甘き蜜を集めたやうに認識に頭脳を膨らせたツアラツストラは、愛する者へ自己を移植し彼等を教化せんと願ふが故に、没落して俗界へと降り行くのだ。恰も彼が常日頃親しんで来た太陽が彼の洞に来り、彼と、鷲と、蛇とを照す幸福に酔ふ如く。》

この若書きの数行が私たちに伝える暗示は決して軽んずべきものではない。たとえ偶然であったとしても、「蜜」の比喩は大連のアカシヤからパリのマロニエへと誘うかのようであり、また「洞」に射し入る「太陽」は、「青空」とともに清岡のポエジーの源泉でもあることを、改めて想起せずにはいられない。五月のパリの太陽に酔う詩人が、この長篇の作者となったことにも、見えない必然性がひそんでいるように思われるのである。

かつて深い喪失の悲しみのなかにあって、生まれふるさとと大連のアカシヤの白い花の香りを懐かしみながら、みずからの青春の懊悩と愛の世界を、水中花のように大きく繰り広げて見せた著者にとって、同じ五月に咲くマロニエの白い花は、彼の青春期いらいのフランス文化への思いをあらたに掻き立てる「花の精」として立ち現われたのではないだろうか。そして詩人が直感の命ずるところにしたがってこの宿命の花を「語り部」になぞらえたとき、すでにこの長篇は大河のように流れ始めていたに違いないのである。

両次大戦間のヨーロッパ、とりわけ第一次世界大戦の終りから世界大恐慌の勃発にいたるまでの一九二〇年代、いわゆるLes Années Folles（狂乱の時代）のパリを舞台にして、そこに生きた日本とフランスの芸術家たち、すなわち画家の岡鹿之助と藤田嗣治、そして詩人の金子光晴とロベール・デスノス、この四人の愛と芸術を探究する彷徨が、華やかな交友関係を織りまぜて活き活きと描き出される。

家系や生い立ちに始まってパリへの旅立ちの経緯やそこでの暮らしぶりにまでくわしく言及しながら、生硬さや煩雑さがまったく感じられないのは、すべてが博捜した資料を充分に咀嚼して吸収した著者の精神を通して、改めて丁寧に語り直されているからである。しかもとりわけ得がたいと思われるのは、これらの芸術家たちの作品への深い愛に裏打ちされた批評が、彼らの生活を内面から照らし出す光源となって、この華麗な人間模様に立体的な奥行きを与えている点である。

たとえば岡鹿之助が、一九二七年のサロン・ドートンヌに出品して入選を果たし、みずからの画風の確立を自他に証明してみせた「滞船」と題する大作への深い思いは、緻密な分析と考察に裏づけられながらも、まれにみる昂揚と至福の感情につつまれた出色の鑑賞文となっていて、前半部のハイライトをなしている。絵画という視覚的な芸術をことばでとらえ、これを詳細に描写する手法はすぐれた散文作家の仕業であるが、さらにそこにドビュッシーやラヴェルの音楽までを聞き取るのは、まさしくこの詩人に固有の技であろう。

ちなみにこの「滞船」は、上巻の表紙に装画として用いられている。また清岡の生前最後の詩集となる『一瞬』（二〇〇二）には、鹿之助のこの作品に捧げられた「選ばれた一瞬」と題する長篇詩が収められていて、この「滞船」が画家の核心をつく手がかりであることを示すとともに、おそらく『マロニエの花が言った』を書き続ける作者の大きなモチーフのひとつであったことをも物語るのである。

この四人のまわりには数多くの男女が、ある者は彼らと同等の光を放つ惑星として、またある者は彼らの衛星として、彩りゆたかに明滅する。そしてこの四つの恒星のなかでも特に印象深いのは詩人ロベール・デスノスの存在だろう。すでに見たように、清岡は二十代後半からこの詩人の作品に深く親しんできている。

第三章でもふれたところであるが、デスノスは詩人として頭角を現わした当初、ブルトンらシュルレアリストのグループの一員として活躍し、催眠状態における夢の口述の媒体として豊かな可能性を実証してみせ、また自動記述の実践においてもすぐれた実績を残した。二九年にはグループの運動から離れ、伝統と革新の対立を超えて、ネルヴァルやアポリネールのように、中世いらいの民衆の唄をも採り入れた独自の詩風を確立した。とりわけ「夢」を素材とする美しい詩を数多く書き残したことでも知られる。四四年ゲシュタポに捕えられ、チェコスロヴァキアの強制収容所に送られ、そこで死亡した。

『マロニエの花が言った』を締めくくる最終章「あとどれほどの夏」をおおいつくすのは、事実このデスノスの存在なのである。彼は藤田嗣治の妻であったユキを愛してのちに結婚することになるが、この物語の最後の場面では、嗣治の新しい女マドレーヌを加えた「四角関係」に悩んでいる最中である。そして一方では光晴の妻森三千代のフランス語詩に手を貸すなどの行為によって、極貧生活を送りながらパリを彷徨する金子夫妻の精神生活に、一筋の光を当てる役割を担っている。つまり彼は、この物語の主要人物相互の関係に有機的な繋がりをもたらすことにも大いに貢献しているのである。しかも夢の自動記述に専念したこの詩人とその作品が介在することによって、随所に「無意識にかかわる微妙な人間関係」までを読み解く手がかりが用意されていることも忘れてはならない。

こうしてマロニエが語る芸術家たち個々の物語は、いずれも完結することなく途中で放置される。清岡が登場人物たちに別れを告げるのは、世界大恐慌のあと第二次世界大戦の荒波が忍び寄る一九三〇年あたりの時点であるが、当然のように藤田、岡、金子、デスノスらは、いずれもその後さまざまな波乱にみちた人生を歩む。清岡は彼らのその後の人生や終焉をあえて見届けようとはしない。ただ時間の流れにゆだねて彼らを見送るのである。この長篇は、デスノスの小説ふうの紀行「ブルゴーニュへの旅」の末尾近くから、次のような美しいことばを引用して締めくくられている。

《……あとどれほど、太陽はなおぼくたちのために、同じような夏の輝きを見せてくれるだろうか。》

第九章　多摩湖

清岡卓行の晩年は、数々の文学賞のほか、一九九一年の紫綬褒章、一九九五年の日本芸術院賞などの栄誉に輝いている。一九九六年には日本芸術院会員となり、さらにその翌年は勲三等瑞宝章を受けている。こうしたなか、清岡の創作活動は途絶えることなく、孜孜として続けられた。二〇〇二年には傘寿を迎えたが、これを記念するかのように、この年、小説集『太陽に酔う』と詩集『一瞬』が相次ぎ刊行された。前者は、ほぼ十年の歳月をかけた長篇『マロニエの花が言った』が上梓された一九九九年をはさむ前後数年の間に書かれた八つの短篇を収める。

表題作は、「太陽に酔うこと、それはそのままで人生への愛である」との思いを、過去に遭遇したいくつかの忘れがたい太陽とその周辺の光景を点綴することによって、それらの感動を改めてかみしめて見せた味わい深い作品である。中国旅行の途時、洛陽から北京に向かう夜行列車の窓から見た、「突如として地平線を走りはじめた」明け方の太陽、都心と郊外を結ぶ電車の「進行方向のどまんなかに」、「ぴたりと位置し」た「落下寸前の太陽」等々、これまでの清岡の作品の読者であればすでにおなじみの光景である。しかしここでは、そうした過去の得がたい感動の時間を、ひとつひとつ思い起こしては愛おしむ、老作家の澄みきった心のたたずまいこそが際立っている。

さらに印象的なのは、「あの青空にいつどこで」と題する短篇だろう。七十代後半の清岡は、二十歳のころに書いた一行の自作の詩が、まるで「新しい謎が生じた古く懐かしい音楽の一節のように」、繰り返し脳裡に浮かんでは消えるようになったことに、我ながらとまどいを覚える、というところから筆を起こしている。その一行とは、これもまた私たちには特別な一篇として親しみのある、あの「空」と題する詩篇である。清岡はこれを書いたのは旧制一高の寄宿寮においてであった、とここで初めて創作の実情を具体的に打ち明けている。

《五月の晴天微風の明るく快い午後であった。私には檜舞台のように思われていた「護國会雑誌」に載せるため、詩を二篇ほど書こうと苦心していたが、まだ一篇もできておらず、原稿用紙に脈絡もないいろいろな語句を書き散らしていた。》

このあと作者は、当時の生活空間であった寄宿寮の部屋割りについて、くわしく説明している。入学当初、野球部に所属したものの、「打撃練習で頭にデッドボールをくらい」、一ヶ月半ほどで退部したこと、そのため野球部の寮室を出て、一般部屋のひとつである南寮一階の七番に移ったこと、そこで知り合った理科の学生と親しくなって交友を深め、二人で箱根や伊豆へ小旅行に出かけたことなどを、まるで昨日のことのように生き生きと物語っている。そしてそのうえで、ようやく例の一行詩の誕生についてこんな風に報告するのである。

《山中湖畔や宇佐美をめぐる三泊四日の小さな旅行から、東京の寄宿寮に戻って少し経ったころ、私は五月の好天の午後に、授業をサボって、中寮二十五番の自習室の片隅、ほかにだれもいない静かな雰囲気のなかで、詩を二篇ほど書こうと一心になっていた。

私はそのころ詩に書きたいと感じていることにかかわって、しかし、ときどきはそこから離れて、紙きれに単語や語句をとりとめもなく書き散らすことがよくあったが、そのときもそんなふうにしてぼんやり時間を過ごしていると、ごく短い一篇の詩が、不意にというか自然にというか、胸のなかから湧くように現われた。》

若い詩人は偶成の出来映えにいたく満足した。この短い詩句から、たったひとことでも、引いても足してもいけないと感じ、「自分のために言葉による分析や註釈を行う必要」もまったく感じなかったという。しかし七十歳代後半の清岡は、このあとテクストの異同に関して、ちいさな、しかし見逃すことの出来ない、ひとつの重大な事実を打ち明けるのである。

《ただし、私はこのあと一つの失敗をした。というのは、そのころ口語と文語の両方で詩を書いていたからで、この詩を「護國会雑誌」に発表するとき、文語の「わが」をつい口語の「私の」に直したのである。古臭いとも見られる文語を用いることに、なんとなく引け目を感じたりしていたからだろう。雑誌が出てその紙面を見たとき、私は途端に深く後悔し、自分の意識のなかでは元の形に戻して「わが」を定稿にした。》

こうした手直し、フランス人のいわゆるrepentir（後悔をともなった修正）は、詩人や作家にはつきものであろう。しかしこの場合、わずか一語のこの修正は、文語詩集『円き広場』において、旧作に多くの手直しや加筆を行なった作者の詩法上の問題の核心をつくものであろう。現代詩における口語と文語の問題、ひいては短歌や俳句のような短詩型文学の語法などにも深く関連する課題であるが、ここでは詳細に立ち入る余裕を持たない。

一行詩の異文ということに関連して、ここで思い出されるのは、清岡が好んで引用する安西冬衛の「春」だろう。大連とも深いつながりのあるこの先輩詩人の代表作は、イメージの豊かさと、音韻とリズムの卓抜さが、その漢字と仮名の絶妙な表記法の工夫と相まって、見事なアンサンブルをなしているというほかはないだろう。

てふてふが一匹韃靼海峡を渡つて行つた。

安西の第一詩集『軍艦茉莉』（一九二九）に収められたこの定稿は、清岡が短篇「蝶と海」でくわしく検証しているように、実は詩誌「亞」の第十九号（一九二六年五月）に初出の際は、「てふてふが一匹間宮海峡を渡つて行つた」となっていたのである。「韃靼」と「間宮」、この固有名詞ひとつの相違が、どれほどの効果の違いを生んでいるかについては、多言を要しないだろう。「てふてふ」のやさしいひらがな表記が、可憐な蝶のおぼつかなげな、しかしけなげにも毅然とした飛翔をあざやかに浮かび上がらせる一方、「韃靼」の画数の多い漢字表記は、その音韻的な厳めしさと相まって、厳しい自然をそのまま表象するだろう。

清岡の一行詩における「わが」から「私の」への変更と、そしてその後の「私の」から「わが」への再帰は、口語と文語のあわいで仕事をした若い詩人の一時の迷いであったばかりではない。わずか一語の変更が詩句の引き締めと緊張感の保持に成功するか否かの分岐点であったことを明かしているのである。「春」と「空」、この二つの短章にかかわるrepentirの問題が、いかに豊かな創造性に関与しているかを物語る事例ではないだろうか。

さてこのあと著者は、自身にとって「ひそかに長く鍾愛するものの一つ」となった問題の自作詩について、「この詩に現われる青空はいつどこで見たものか」と、みずからに問いかける。これこそは私たちにとっても大きな関心事にほかならないのであるが、ありがたいことに作者は、「ときたま暇なときに、好ましい忘れものを思いだしたかのように、ゆっくりと楽しみながらいろいろな答えを探し」てくれているのである。

七つほど用意されたその答えの第一のものは、あのデッドボールをくらったあとで、ようやく立ち上って振り仰いだ「青空」、ないしはそのような「私を見ていた青空」である。そして第二のものは、その翌年における親しい友人との旅行の思い出にまつわるもので、相模灘をのんびりと歩く「高校生の二人をおおらかにつつんでくれていた青空」である。第三のものは、同じころ渋谷のある喫茶店で、同じ友人とシューベルトの「ヴァイオリンとピアノのための幻想曲ハ長調」を聴いていて、「なぜか絶望の抒情といった気分におちいり、旋律のひろがりのなかに、やがて自分が駆り出されるだろう戦場の空、それも青く澄みきった空を想像したりした」思い出である。

こんなふうに、さらに二つばかりの「空」をまるで数珠をつまぐるようにして想起して見せたのちに、作者は六番目にようやく私（たち）が待ち受けていた答えを示してくれる。彼の「人生においてその問いにかかわるいちばん遠い記憶」、すなわち幼少年時に「大連で仰いだ無数の青空」の思い出である。

《それは私にとってその後どこで見た青空よりも、青い色が濃く、明るく、深く、生きて行くための喜びをあたえてくれたような気がする。しかし、ごくたまにではあるにしても、まだ世の中をよく知らない者に、それは植民地主義の罪の悲しみを無意識的に覚えさせてくれるものであったようにも思いだされる。》

この青空こそは、私がわずか四日間の大連滞在中に探し求めて、ついに垣間見ることすら出来なかったものである。大気汚染や気候変動のような物理的な問題には還元できない問題であるに違いない。詩の読者が抱える不透明の障害、あえて言えば詩の本質にかかわる難解さの証でもあろうか。じじつ作者は、「詩にはつねに謎が含まれていなければならず」、ある対象を「名指し」することではなく、ほのめかしたり喚起したりすることこそが重要である、と諭したマラルメのように、最後に以下のような七番目の答えを用意して、読者を再び詩の豊かさを保証する本来の

「晦渋性」obscuritéへと投げ返すのである。

《それは私の胸の奥に、たぶん高校三年になる少し前から、ときたま現われはじめていた青空である。いわば内攻的で、自発的であった青空だ。

それは罪を覚えるとしても、そのために悲しむとしても、日常的なあるいは社会的な理由のまったくない青空であった。そこでは、結局、時間や空間があること、自他の生命の対立の可能性はいつまでも消えないこと、また、私自身が超えられないものとしてどこまでも存在すること、そのような原理が、いわば生まれるよりも早く強いられていた罰として、さらにいえば、それに先立ったはずの、覚えのない罪の報いとして、私をがんじがらめにしていた。

こんな罪に、私は超然とするほかなかったが、罪による悲しみは消すことができなかった。そのとき、悲しみに耐えようとする翼がおのずから羽ばたいたのである。どこで？　私の胸の奥に現われた青空で。

その青空は私の詩意識における、形而上的で甘美な地獄の予兆であったのだろう。》

清岡が用意した七つの答えのうち先に挙げた六つは明示的であるが、最後のこの答えだけは暗示的・黙示的であると同時に、あらたな問いへの誘いでもある。こうして「空」の一行を読む私たちは、「新しい謎が生じた古く懐かしい音楽の一節」のようなものに、改めてもういちど耳を傾けるようにと仕向けられるのである。

『太陽に酔う』の二ヶ月後に刊行された『一瞬』は、傘寿を迎えた詩人の生前最後の詩集である。

新詩集としては十四冊目に当たる。あとがきによれば、「七十歳から七十九歳までのあいだに書かれ」た詩篇を収める本書には、さまざまな「詩的で感動的な一瞬」が、時に抗ってというよりは、むしろその流れに身をまかせるような、柔軟にして自在な流儀でさりげなく捕捉されている。ここでもまた詩人は老境を意識するなかで、折々の「時」をいとおしむように大切に生きている。それだけに瞬間に凝縮したかたちで露呈される人生へのさまざまな思いは、悠揚として迫らぬ芳醇なことばに刻みつけられたのであろう。

十四の詩篇が収められているが、それらは「春の情景を含んで」、「夏の情景を含んで」、「秋と冬の情景を含んで」の三つのパートに配分されている。いずれも、年齢を感じさせないみずみずしい感性と、年輪ゆえの深い詩想とに裏打ちされていて、読後に深い味わいと余情を残す。たとえば第一パートの第二詩「春の夜の暗い坂を」は、こんな「瞬間」を定着しようとしたものである。後半から九行一連のみを引用する。

わたしは坂をほとんど降りたところ
日常の生活から
遠く遥かに飛び去りたいという衝動を
微かながらまったく久しぶりに覚えた。
そしてふと思いだした

少年の日に
こわごわと描いた世界への放浪を。
青年の日に
寝床のなかで憧れた怒りの自死を。

舞台は、詩人の個人的な生活空間と外部世界とをつなぐ、「始発駅」にして「終着駅」であるところの郊外の小さな駅。夜のプラットフォームに浮かび上がる四輛連結電車の内部の、そのがら空きの明るさに誘われて記憶のなかから始動するのは、少年期と青年期のそれぞれに切ない夢のきれはしである。ただしここではそれらが、あたかも墨絵の一筆書きのようにして淡々と歌われるのである。かつての詩人であれば、たとえば青年期の生の過剰が生む「自死」への思いを、敬愛する洋画家の油彩のように、散文によって丹念に描き上げたものであったのであるが。

このあたりの事情については、著者自身のあとがきに次のような明快な説明が見られる。「詩的で感動的な一瞬にいわば赤裸裸に近い状態で殉じることが、ここ十年近く、私の詩意識にとって好ましい一つの拠りどころとなっている」、と説明したあとに続く段落である。

《その拠りどころにおける私の構えは、かつて私が詩作のいろいろな時期において抱いた観念的、実験的、美学的、あるいは題材的な深い関心を、すべて一応は忘れ去り、それらのうち自分の無意識の血や肉となっているものだけを残し、実際の詩作において、偶然の動機や題材にできるこ

となら全的に素朴な魂を開こうとするものです。》
詩境の変化にかかわる真摯な打ち明けであろう。永年の修練と老成による詩想の深化に助けられて、かつての意識的で方法論的な構えが、偶成により多くを期待する自然の気構えに取って替られた、ということだろうか。第三パートの第四詩「冬至の落日」が、このあたりの事情をさらに明確にしてくれるだろう。詩作の営みにおいて、胸にわだかまる想いを解き放つ最初の一語を探しあぐねていた詩人は、かつて薔薇づくりに熱中した自宅の庭に降り立つ。花柚、山茶花、ミモザがそれぞれの風情を見せる夕暮れどきの庭が、そのとき偶然に開示した「一瞬」とはどのようなものであったか。長篇であるが、なかほどの二連のみを引用する。

こんな樹木に囲まれてうろつきながら
ひとつの単語に焦心していたわたしが
不意に見たのだ
わたしの人生における
たぶん初めての冬至の落日
ことさら求めることなどなかった
なんらかの特別な日における落日を。

それは多くの偶然が重なって
奇蹟のように現われた一瞬の美であった。
驚きのなかに
わたしは茫然と立っていた。

このとき詩人は、首都圏の西の外れに位置するこの家に住んで二十数年になる自分が、「冬至の日没のときに／この庭のこの位置に立つということ」が、おそらくは初めてであることに思い至るのである。この発見による詩人の手放しの歓びには、ランボーのあの「永遠」の一節がこだましているかのようだ。「あれが見つかったぞ／何が？　永遠／太陽と溶けあった／海のことさ」。聖なる一回性への畏敬といとおしみが、こんなふうに詩人の老年を豊潤なものにしていることを知ることは、古稀を過ぎた私のような老いた読者にとっても、勇気とはげましを与えるものであることを痛感せずにはいられないのである。

ところでこの詩篇は、詩人が探し求めていた単語をついに発見するという報告によって締めくくられている。それは意外なことに「冬至の落日」とは直接はかかわりなく、彼が「このところ忘れていた／都市の名前」であった。清岡卓行の読者にはすでにおなじみの生まれふるさと、かつての日本の植民地であった海外の国際自由港の名前である。それを詩人は、「わたしの青春の／幸福と不幸をかたどる／都市の名前」とのみ要約して、固有名詞をあげることなく、作品にいささか唐突な結末をつけるのである。そのつぶやきにも似た数行に、私は詩人の孤影、読者への語りかけを中断して、夢想の世界へと没入してゆく詩人の後ろ姿を見ないわけにはいかなかった。

しかしそれもほんの束の間のことであって、多くの場合、詩人は親しく正面から読者に向かって懇切に語りかけている。なかでも第三パートの第一詩「半世紀ぶりの音信」がその好例だろう。旧制高校の寮で二年ほどのあいだ同室であったあの親しい友からの、ほとんど五十年ぶりの便り（そのきっかけとなったのは『マロニエの花が言った』の著者による贈呈であった）によって、「一瞬のうち」に甦った「過ぎ去った青春から中年まで」の波瀾にみちた歳月が、「寂しい安らぎに似たなにか」であると同時に、「世界への／そして自分自身への／寂しい怒りに似たなにか」でもある感情とともに、これもまた静かに淡々と語られているのである。

短篇小説「あの青空にいつどこで」においても、同じ題材が複合するモチーフのひとつとして取り扱われていた。けれども散文において余白を塗りつぶすようにして丁寧に確定された細部は、ここでは読者の想像力にゆだねる喚起の手法によって、多くはふるいにかけられている。懇切な語りかけではあっても、やはりたくみに必要不可欠な空白が残されているのである。

詩集『一瞬』が刊行される少し前から、清岡卓行の健康状態に憂慮すべき兆候が現われ始めた。以下、『清岡卓行論集成　II』の巻末に付せられた年譜から、晩年の病歴と臨終の模様についての記録を抄出する。

二〇〇二年八月、間質性肺炎と診断され、新山手病院（東村山市）に二週間ほど入院する。九月、再び十日間ほど入院、以後在宅酸素療法を行い、定期的な通院検査のほかは外出を控える。

二〇〇三年三月、間質性肺炎のため新山手病院に十日間ほど入院する。以後通院を往診に切り替え、まったく外出しなくなる。

二〇〇四年四月、頭から顔の右側にかけて帯状疱疹に悩まされる。

二〇〇五年八月、片目の一部が見えなくなり、眼底検査の結果、網膜の細動脈硬化とわかる。

二〇〇六年二月、間質性肺炎の急性増悪のため二十二日から四月四日まで新山手病院に入院。五月十三日再び同病院に入院。同月十五日、意識がはっきりした際、本人の希望により「ある日のボレロ」を口述筆記するも、推敲はなされなかった。これが最後の詩作品となった。六月三日午前六時四〇分、間質性肺炎により入院先で死去。


最後をみとった夫人の筆になるものであるだけに、簡潔ながら臨場感が伝わってくる。その後、驚くべきことに、このような闘病生活のなかで書きつがれていた著作が、三冊の遺稿集として相次いで刊行された。詩集『ひさしぶりのバッハ』、最晩年の短篇と随筆を収めた『断片と線』、そして随筆集『偶然のめぐみ』である。「私の履歴書」を含む随筆集については序章その他でふれたので、ここでは前二者について私の読みとった内容と感想を報告しておきたい。

『ひさしぶりのバッハ』(二〇〇六)は、四年前に刊行された『一瞬』いらい十五冊目の新詩集に当たるが、言うまでもなく著者不在のまま「拾遺詩集」として編まれた。詩集の帯には「最晩年の八つの詩篇と既刊詩集未収録の七つの詩篇」と謳われている。もう少しくわしく言うと、過去四年の間に発表された八篇と、一九七三年から八二年にかけて発表された連作「多摩湖」の六篇、それに未整理のファイルから見いだされた四行詩一篇を加えた、計十五の詩篇を収める。そのうちもっとも新しいのは、右の年譜にも触れられている「ある日のボレロ」と題する作品で、作者の死が報じられたちょうどそのころ書店に並んでいた月刊誌(「文藝春秋」)に掲載されたいわば詩人の絶作である。

パンツ一丁で　ピアノを弾くのだ!
いいか　わかったか
それがおまえのいのりのかたちだ
目をひらくと　果てのない空は鏡
おまえは青春の管弦楽舞曲の着手に熱狂する
ひとつの旋律は変幻をくりかえし
傍らにいる親友たちにおまえはきく

デカダンスに溺れるか　それを超えるか

わたしには不幸にもそんな思い出がない

文字通りの遺作となったこの最後の作品について、夫人の岩阪恵子氏は、巻末の「あとがき」でこんなふうに説明している。「入院中の五月十五日、本人の希望により口述筆記したもので、病状の悪化により充分な推敲がなされていませんが、そのままとしました」。

ここには音楽に仮託した創作への見果てぬ夢が、いかにも赤裸裸に打ち明けられている。「変幻をくりかえ」す、「ひとつの旋律」につらぬかれた「青春の管弦楽舞曲」には、六十年あまりにおよぶ詩作生活そのものがこだましているだろう。末尾の一行は、いささか唐突であるが、これを生涯にわたって現役の詩人であり続けた清岡卓行がのこした最後の詩行として読むならば、創作への強固な意思とその中断を印づける記念碑的な符号と受け止めることが出来るかもしれない。

口述筆記と言えば、「最後のフーガ」で清岡が心を込めて歌ったランボーの末期の姿が思い浮かぶ。一八九一年十一月九日、つまりその死の前日であるが、モルヒネによる譫妄状態にあった詩人は、以下のようなきわめて具体的な遺贈の言葉を含む一通の手紙を、妹イザベルに書き取らせている。宛名はマルセーユから紅海を経てオリエントへと結ぶ船会社の支配人である。

分け前　牙一本のみ
分け前　牙二本
分け前　牙三本
分け前　牙四本
分け前　牙二本

瀕死の床にあったランボーは、再び乗船して東方へと旅立とうとしていたのであるが、その実現の可能性はかぎりなくゼロに近い。彼が詩作を放棄したのは十数年も昔のこと、その去り際は山の頂を極めた登山者が、そっとそこを立ち去るようなものであった、とはアンドレ・ブルトンの卓見である。商人としての後半生を全うしようとしたランボーの、ただあらたな出発への意思だけが、絶望的であるだけによけいに強烈に伝わってくる手紙である。

清岡が「ある日のボレロ」を病室で口述していたときに、ランボーの最後を想起したかどうかはわからない。いずれにしてもこの絶作は、あくまでも詩人あるいは芸術家としての最後を全うした人の潔さを感じさせる作品である。言うまでもなく、この詩の背景には、『マロニエの花が言った』で描かれたモーリス・ラヴェルの姿が垣間見える。そこでは、「部屋のなかで水着姿のままピアノで『ボレロ』の旋律を弾き、傍らにいる友人に、その響きの訴えの強さについて同感を求め、これをまったく展開させずに何回もくりかえし、管弦楽を少しずつ大きくしてゆくだけにしたい」、と語ったという作曲家のプロフィルが生き生きと喚起されていた。「おまえ」はラヴェルへの語りかけであると同時に、詩人みずからの青春や来し方に向かって問いかけていることばではないだろうか。

末尾の「わたしには不幸にもそんな思い出がない」は、これを一篇の詩を締めくくる留めの一行と見るか、それとも中断と見るかで意見の分かれるところであろう。私の見解はやや後者に傾いている。なぜなら第一連八行を要約したかに見える「デカダンスに溺れるか　それを超えるか」の一行をこの末行とつなげて読めば、以下のように解釈できるからである。

一般に芸術家の耽美主義が嵩じて、デカダンスに陥り、家庭生活をないがしろにしたり、妻子を苦しめ悲しませたりするケースが往々にして見られる。家庭を持たないボヘミアンの奔放な生活が、すぐれた芸術を生み出したという過去の事例にも事欠かない。事実、十年の歳月をかけて書き上げた長篇に登場する芸術家群像にも、そうした事例は数えきれないほどに散見される。

しかし、と清岡はここで自身の生涯を振り返ってみるのである。たとえば『ひとつの愛』所収の「上野」の数行で示したように、「創造のない家庭のみじめさ」と「家庭のない創造のみじめさ」を対比させるという姿勢が、自分には常にあったのではなかろうか。青春時の「不遜な」ことばにつながる前者と、壮年期の家庭喪失への不安のことばであった後者は、いわば心のうちで緊張をはらみつつ均衡を保っていたのであって、自分はいつでもその危うさのなかで仕事をしてきた……。

したがってここには、一方ではある種の芸術家たちの奔放な生き方に対する憧れが表明されていると見ることが出来るだろう。そうした憧れがなければ、『マロニエの花が言った』に登場する芸術家たちが、刻苦精励しておのれの世界を作り上げる一方で、あれほどの放恣と蕩尽に耽った姿を一大絵巻にするという、膨大なエネルギーは生まれなかったであろう。しかしその反面、清岡自身はあくまでも市井の人としての矩を守り、生活者と美の探究者とのあいだに均衡を保ちながら、一筋に文筆の道を歩んできた。「わたしには不幸にもそんな思い出がない」の一句に込められた思いは、放恣にわたることによって得られる幸せとは別のものを得た喜び、もしくは充足感にあったのではないだろうか。「わたし」はこの詩を口述したときの詩人を指すと思われるが、中断されたこの詩篇の先で、彼は「必ずしも後悔はしない」ということばを続けようとしたのかもしれない。おそらく十全の状態の詩人であったなら、ここから先をもっと粘り強く展開していったはずの作品ではなかっただろうか。

しかしこういったことはすべて想像の域を出ない。旅立ちへの思いを最後まで棄てなかったランボーの場合と同じく、創作への思いを最後まで途絶させることのなかった詩人の強固な意思をこそ、私たちはここに読みとるべきであろう。

ところで「詩的で感動的な一瞬」をとらえる前詩集の詩学は、この遺稿詩集の「珍客」や「ピレネーのアカシヤ」においても健在である。興味深いのはこれらのいずれもが、行分けの自由詩形と散文詩形の混淆になるものであることである。たとえば「珍客」では、冒頭の自由詩形十四行において、自宅での闘病生活を強いられた詩人が、インターホンのモニターを通じて、思いがけないものと遭遇するいきさつが、ゆったりとした語調で綴られる。そしてこれにつづく十数行は、その出会いの一瞬をとらえたクライマックスであるが、意外なことに行分け詩ではなく散文体で書かれているのである。

そのとき　画面の最前景を不意に独占するかのように異様に美しいものが垂れ下がってきた。豊かな円味のある腰つきの　おおきな蕾である。

わたしの家の庭に植えられたナニワイバラ。長く伸びたその棘だらけの数本の小枝のなかの一本が　尖端にみごとな蕾をつけ　風に揺られて位置を変えながら　門の外側のインターホンのカメラの前に　垂れ下がってきたのである。

しかも　画面の最前景の中央にぴたりと静止し　クローズアップされたこの蕾は　なんと　五枚の花弁をじつにゆっくり開きはじめたではないか。

この偶然のめぐみをキャッチした詩人は、開花の途中で発せられる「プッッ　プッッというひそかな音まで」を聞き取るように感じると述べたうえで、すでに熟知しているこの花の構造や微細な特徴をいとおしむかのように、ゆっくりと想起して楽しむのである。

小説家でもあった詩人にとって、こうした情景の描写には散文体がよりふさわしいと判断されたのか、それとも闘病生活を営む詩人の生理と息づかいが、この形式を必然的に選びとらせたのか、あるいはその両方なのかは、にわかには断定しがたい。しかしいずれにしても、この作品をしめくくる七行が、これとは対照的に、読者の緊張をふっと解きほぐすような、のびやかな自由詩形で書かれていることは、注目に値するだろう。

訪れる人などいない
引っ籠もりの春の午後。
わたしの人生において
なんという偶然の訪れだろう。
花が開く瞬間との
かけがえなくも鮮やかな
たぶん一度だけの出会い。

私たちにはすでにおなじみの「一瞬」の詩学である。ここではそのリズムはあくまでも緩やかで、一切の気負いや緊張からも解き放たれているかのようだ。詩人最晩年の日常が穏やかな口調で、しかも過不足なく描きだされているのであるが、しかしこの自在さはおそらく、日常的に生死の問題に直面させられる厳しい闘病生活に雄々しく耐えることによってのみ得られたものなのであろう。

年老いて自宅にこもり療養すると
年老いはじめた妻が美しく見えてきたりする。
看護してくれるからだろうか。
ではなぜ窓の外のくすんだ灰色の庭石が
眩しい存在に見えてきたりするのか。
午前十時すこし過ぎ門柱の郵便受けに
手紙らしいものの落ちる微かな音。
頭のなかは小春日和だ。
遠くに漂うのは少年の日に失った友情
淡いデカダンスを含んでいたその音楽。

「小康」と題するこの短章は、初出一覧から推測すると、詩人が亡くなる二年数ヶ月前に書かれたものであろう。面会や見舞いの客を謝絶して、孤独な療養生活を送る詩人の、ほとんど等身大の姿が浮かび上がってくるが、同時に末尾二行のさりげない喚起によって、その内面や夢想のおよぶところまでが、ゆるやかに読者の前に繰り広げられてくるような佳篇である。末尾の「淡いデカダンス」は、「ある日のボレロ」のテーマに通底するだろう。

詩集全体の約三分の一を占める連作「多摩湖」は、一九七三年から八二年までの間に、詩誌「ユリイカ」などに発表されたもので、もしかすると詩人にはこれを一冊の詩集に編む腹案があったのかもしれない。この六篇はいずれもソネットの詩型で書かれているが、そこに一貫して流れる調べもまた、時空のなかを漂う存在がみずからの「一瞬」を自覚するときに発する、かすかな溜息や驚きの叫びに基づいている。詩人はかつて自身の生まれふるさとである大連を、「血縁のふるさと」である高知県や、「言語のふるさと」である日本と対比して、「風土のふるさと」と呼んだことがあるが、一九七二年に移り住んで、その後三十四年を過ごすことになった東京都西郊の人造湖のほとりは、気候や地形から言っていくぶん大連に似通ったところがある、と感じられていたようである。

大連の南山麓から多摩湖のほとりへ、一九二〇年代の初めから二十一世紀の初頭まで、清岡卓行のたどったはるかな時空に思いを馳せ、その詩と文学を振り返ってみるのに、『ひさしぶりのバッハ』一巻は、またとない好適の詩集と言わなければならないだろう。

冥界へと旅立った詩人からの私たちへのおくりものは、これにとどまらなかった。まもなくして『断片と線』と題する作品集が出版された。詩、小説、評論、随筆、紀行文、この五つのジャンルを自由に行き来した作者にふさわしく、ここには三つの短篇小説と長短さまざまな散文が収録されている。後者は、文庫版の解説として、あるいは雑誌の特集企画等のために、おりに触れて書きつがれた詩人論や作家論、あるいは新聞のコラムとして連載された随筆、そして書評の類い等からなる。こうした一見雑多な表現形式の中心にあるのは、言うまでもなくあくまでも強固に持続した詩精神だろう。その意味でこの遺作集は、清岡の円形広場そのものを最後にもう一度かたどって見せてくれたものでもある。

ところで病魔に冒された作家が、肉体の衰えに抗しながら、創作意欲を保持するためにとった戦略的な手法は、表題作の冒頭に打ち明けられている。すなわち、数十年の時を超えてときたまあざやかに記憶の底から甦ってくるいくつかの孤立する「断片の情景」に、「一本の線」を引くことによって、「別のなんらかの情景」と連結させること、そしてそのことによって、「奇《く》しき縁《えにし》」として今に連なろうとする過去の時間を保存強化し、より彩りの豊かで濃密な時間として言葉に定着させることである。

たとえば日本が太平洋戦争に突入する前夜に、当時旧制高校の学生であった著者が、母校の同窓会館で行なわれた三好達治を囲む会に出席したおりのことが、青春への懐旧の念と自己客観化への配慮との間に絶妙なバランスをとりながら、ゆるやかに語り出される。素材となる挿話はあくまでも断片的であるが、作者は自身の青年時の感情生活や文学への憧れを絡み合わせることによって、それを水中花のように鮮やかに膨らませて見せる。言うまでもなくその場合にグラスのなかの水となったのは、八十歳を超えた年齢に達した作者が、それまでに歩んできた長い道のりと時間そのものである。

こうした手法は、かつて壮年期にあった作者が、睡眠時に見た夢の断片をいくつかのモチーフと絡み合わせ、これをユニックな掌篇小説集として編み上げたやり方を、いくぶん想起させる。すでに見たように、『夢を植える』や『夢のソナチネ』などは、当時作者が実際に見た夢の記録がもたらした豊かな結実であったが、そこには同時にきわめて自覚的な方法意識が働いていたのであった。

ここではその「夢」を「過去」と置き換えることによって、晩年の清岡の狙いがそのまま鮮明に浮かび上がってくるだろう。過去そのものの再現は不可能であるとして、それならばその過去を呼び戻す唯一の手がかりであるところの「断片」に、いくつかの工夫をこらすことによって、「人生の真実」を描き出そうとする美学が、ここでも実践されているわけである。壮年期に鍛え上げられた方法論と磨き抜かれた技芸とが、大きな支えとなっていることは疑い得ない。

その好例が、「あるエッセーとの再会」と題された作品だろう。ここで扱われる一高時代のエピソードについては、第一章「コロンの子」でほんの少しだけふれたはずである。ことは筆禍事件にかかわるが、清岡にとってやはり忘れがたい思い出の一こまだったのだろう。そのあらましは、旧師阿藤伯海に捧げた短篇「千年も遅く」(『詩礼伝家』所収)のなかでも、すでにさりげない形で語られてはいた。しかしここではそれが、さらにくわしく丁寧に語り直されているのである。

はじめに、駒場寮の浴場を舞台とするいくつかの断片的な情景が描かれる。物語はそのうちのひとつに収斂して、ある親友との信頼感に満ちた交わりがゆるやかに語り出される。今は実業界で重きをなす高名な人物となっているその友人と、かつて寮の浴場でたまたま隣り合わせた話者は、全寮委員長をしていたその友人から校内新聞(「向陵時報」)の記念祭号の冒頭に書くべき式辞の代筆を頼まれる。同じ植民地生まれの気安さもあってそれを快く引き受けた話者の書いた文章は、しかし予想外の波紋をよぶことになる。警視庁特高の検閲にひっかかり、「反戦的、個人主義的な思想」を述べたとされる部分が、墨で塗りつぶして配布されるという事件にまで発展してしまうのである。

もちろん一高当局も、こうした事態を避けるための制度を設けてはいた。「交友会雑誌」(後の「護国会雑誌」)は文芸部部長の、そして「向陵時報」は生徒主事の、それぞれ事前検閲が必要であった。しかしこの検閲には、いくつかの抜け道があったほか、時の校長(清岡の時代は安倍能成)のリベラリズムや自治意識の度合いによって、微妙に差異が生じていたようである(くわしくは長谷川泉が雑誌「知識」に連載した「ああ玉杯——わが一高の青春」参照)。

ところでこの事件について、一高同窓会が一九八四年に出した『向陵誌　駒場篇』は、その「自治寮略史」に「第五十四回記念祭と寮委員長の筆禍事件」と題する項目を立て、この式辞が清岡による代筆であったことには触れないまま、次のように記録している。

《この文は、現実のきびしい情勢下にたくましく進むべしという所感を述べた、至って格調の高い文章であるが、その中の、

「一国家の立場はつひに世界に対するエゴイズムに他ならない」

「われわれの周囲には既成道徳を型のまゝに圧しつける無智者なしとしないのであって、さうした虚しい彼等の判断を静かに軽蔑する強さを養はねばならぬと思ひます」

などの言句が当時の当局者の考えでは穏当を欠くとされたのであった。》

こうした出来事の断片的な記憶を補強するために、話者（すなわち作者）は、六十年前に書いてそのまま読み返すことのなかった問題の記事を、旧友らの助けを借りて取り寄せ再読する。それは、「向陵時報」第一五一号（昭和十八年五月）の巻頭言で、「第五拾四回記念祭に寄す」と題され、「寄宿寮委員長　三重野康」と署名されている。作者はその全文を引用してから、これにいくつかの自注を施したうえで、最後に、検閲によって問題とされた右の二箇所よりも、「祖国の危機」と「絶対の探究」という二つの表現がそこに並び合わせて使われていることに気づいて、「ふしぎな感動」を覚えたと打ち明ける。そしてその驚きののちの感動には、次のような事情が深く関与していることを確認して、物語は静かに閉じられる。

清岡が三十六歳のときに出した第一詩集『氷った焔』の「あとがき」で言明されたあの図式、「自分の詩情の根底的な形」であるところの、「扼殺し得ない絶対と、回避し得ない状況との、二律背反的な関係」という図式の萌芽が、すでにそこにははっきりと現われていたのである。

　円形広場における環状道路は決して閉じられることはなく、永遠に出発と回帰を繰り返す大動脈である。自らのアイデンティティを思いがけずに再確認することになった「話者＝作者」は、あざやかな水中花を視界に残して、ついには透明な時間のなかに溶解して完全に姿を隠す。八十三歳の現役作家の見事な幕引きであると言わなければならないが、しかし清岡が残したテクストは、こうして中心円から外部世界へ、そして外部世界から中心円へと、膨張と収縮を無限に繰り返しながら豊かに息づいているのである。

あとがき

本書が対象とする詩人・作家がこの世を去ってからまもなく十年になろうとしています。序章でもふれましたが、筆者がいくつかの偶然がからむめぐみによって、その清岡さんの知遇を得てから早くも半世紀が経ちました。

これまで機会のあるごとに書き連ねてきた清岡さんについての長短さまざまな文章をいったん離れて、ここにようやく書き下ろしの小著を上梓することが出来ることに、心からの安堵を覚えています。この二月の月命日には、初めて豊島園の清岡さんの墓所を訪れて、その思いをご報告することが出来ました。みずからの怠惰を省みて、いささか遅きに失したとの思いもありますが、その反面では、やはりこの歳月は必要であったのかな、との別の思いも否定できません。というのも、活発な精神の活動体がその動きを停止して冥界へと旅立ってからほぼ十年、ようやくその全体像が見定められる条件が整ってきたような気もするからです。

清岡さんが生き、想像し、追懐した大連やパリは、都市の基本構造や人々の日々の暮らしにおいて連続性を維持しながらも、現象面においては今やその多くが現実のものではなく、まことに時代や社会の移り行きには限りがありません。けれどもかえってそれだけに、清岡さんが書きのこした言葉の世界は、不変の輝きを放っているように思われるのです。

なぜなら、清岡さんがのこした円形広場は、不易流行の一如を論した古人さながらに、志を高くかかげつつ移ろうものの世界をよりよく生きた人にだけ許される、文芸の誠の境地を示しているに違いないからです。

執筆に当たっては、多くの方々のご協力をいただきました。ここにそのほんの一部ですがお名前を挙げて、感謝の微意に代えたいと思います。

貴重な資料を貸与するなどさまざまな便宜をはかっていただいたうえ、折にふれてそれとなく私をはげましてくださった清岡夫人・岩阪恵子さんに。

新旧漢字の使用法や漢詩文の読解に関して、素朴な質問に辛抱づよくつきあってくださった、人文研時代の同僚で現・泉屋博古館館長の小南一郎さんに。

清岡夫人によって神奈川近代文学館に寄贈された清岡卓行関連の特別資料を閲覧する際に、たびたびお世話になった同館資料課長の北村陽子さんに。

日本近代文学館の原口統三関連の特別資料の閲覧に際して、便宜をはかっていただいた同館図書資料部の小川桃さんに。

気品のあるすてきな装幀で小著に花を添えてくださった清岡秀哉さんに。

そして最後に、本書の企画から出版にいたるまで、懇切な助言と配慮をいただいた思潮社編集長の髙木真史さんに。

二〇一六年春

京都鹿ヶ谷の寓居にて

宇佐美斉

主な参考文献

清岡卓行の著作に関しては、ごく一部にとどめた。くわしくは『清岡卓行論集成　II』巻末の書誌を参照されたい。
引用に際しては本文中にそのつど出典を明記したが、詩作品と大連を扱った散文作品に関しては、原則として左記の『定本全詩集』と『大連小説全集』に拠った。

『定本清岡卓行全詩集』　思潮社　二〇〇八
『清岡卓行大連小説全集』上・下巻　日本文芸社　一九九二
清岡卓行『マロニエの花が言った』上・下巻　新潮社　一九九九
同『詩と映画・廃虚で拾った鏡』　弘文堂　一九六〇
同『偶然のめぐみ』　日本経済新聞出版社　二〇〇七
『清岡卓行論集成』I・II巻　岩阪恵子・宇佐美斉編　勉誠出版　二〇〇八
吉本隆明『戦後詩史論』　大和書房　一九七八
小田久郎『戦後詩壇私史』　新潮社　一九九五
中村稔『私の昭和史』　青土社　二〇〇四
同『私の昭和史　戦後篇』上・下巻　青土社　二〇〇八
奥野健男『文壇博物誌』　読売新聞社　一九六七
稲垣眞美『旧制一高の文学』　国書刊行会　二〇〇六
原口統三『定本　二十歳のエチュード』　ちくま文庫　二〇〇五
粕谷一希『二十歳にして心朽ちたり』　新潮社　一九八〇

主な参考文献

阿藤伯海『大簡詩草』　私家限定版　一九七〇
『齋藤磯雄著作集』第Ⅳ巻　東京創元社　一九九三
『向陵誌　駒場篇』　一高同窓会発行　一九八四
ミシェル・ビュトール『文学の可能性』　清水徹他訳　中央公論社　一九六七
『中井正一全集』（全四巻）　美術出版社　一九八一
三島由紀夫『文章読本』（『決定版三島由紀夫全集』第三十一巻　新潮社　二〇〇三）
江藤淳『幼年時代』　文藝春秋　一九九九
同『妻と私』　文藝春秋　一九九九
萩原朔太郎『猫町　他十七篇』　清岡卓行編　岩波文庫　一九九五
小笠原賢二『黒衣の文学誌』　雁書館　一九八二
長谷川郁夫『われ発見せり　書肆ユリイカ・伊達得夫』　書肆山田　一九九二
田中栞『書肆ユリイカの本』　青土社　二〇〇九
『大連市史』　大連市役所発行　一九三六
山室信一『キメラ――満州国の肖像』　中央公論社　一九九三
西澤泰彦『図説大連都市物語』　河出書房新社　一九九九
『文集大連日僑学校』　大連日僑学校同窓会　一九九六
鈴木正次『実録大連回想』　河出書房新社　一九八五
富永孝子『大連・空白の六百日』　新評論　一九八六
『〈異郷〉としての大連・上海・台北』　和田博文・黄翠娥編　勉誠出版　二〇一五
脇地炯『文学という内服薬』　砂子屋書房　一九九八

長谷川泉「ああ玉杯――わが一高の青春」「知識」に十五回連載　一九八八年一月～一九八九年三月
「われらアプレゲールの青春――雑誌『世代』の軌跡――」（座談会）　いいだ・もも　中村稔　日高普「世界」一九七八年四月号
清岡智比古「アカシヤの大連で餃子を」「現代詩手帖」に五回連載　二〇一〇年二月～六月
『近代日本総合年表』　岩波書店　一九七八（第二刷）
『清岡卓行追悼展図録』　高知県立文学館　二〇〇七

宇佐美斉　うさみ・ひとし
一九四二年愛知県生まれ。関西学院大学文学部助教授、京都大学人文科学研究所教授を経て、京都大学名誉教授。著書に『詩と時空』『ランボー私註』『立原道造』『落日論』（和辻哲郎文化賞）『詩人の変奏』『フランス詩 道しるべ』『作家の恋文』『中原中也とランボー』など。編著に『フランス・ロマン主義と現代』『象徴主義の光と影』『アヴァンギャルドの世紀』『日仏交感の近代』など。翻訳に『ランボー全詩集』『エリュアール詩集』『素顔のランボー』などがある。『新編中原中也全集』と『立原道造全集』の編集委員を務めた。

清《きよ》岡《おか》卓《たか》行《ゆき》の円《えん》形《けい》広《ひろ》場《ば》

著者
宇《う》佐《さ》美《み》斉《ひとし》
発行者
小田久郎
発行所
株式会社 思潮社
〒一六二―〇八四二　東京都新宿区市谷砂土原町三―十五
電話〇三（三二六七）八一五三（営業）・八一四一（編集）
FAX〇三（三二六七）八一四二
印刷所
創栄図書印刷株式会社
製本所
小高製本工業株式会社
発行日
二〇一六年六月三日